W0332324

André Bawar, 1962 in Schleswig an der Schlei geboren, arbeitete nach Abschluss seines Studiums fast zwanzig Jahre als freier Autor für Fernsehsender in Berlin, dabei versteht er sich weniger als Journalist, sondern vielmehr als Geschichtenerzähler. In seiner Wahlheimat Wismar entstand jetzt sein erster Kriminalroman.
www.moewenkopf.de

Menschen, Tiere und Sensationen in diesem Roman sind frei erfunden. Sollten sich Ähnlichkeiten mit lebenden oder sogar schon verstorbenen Wesen ergeben, so sind diese nicht gewollt, sondern rein zufällig. Ich danke der Hansestadt Wismar von ganzem Herzen für die übersprudelnden Quellen der Inspiration.

ANDRÉ BAWAR

Lachsblut

KÜSTEN KRIMI

Hansens erster Fall

emons:

Mix
Produktgruppe aus vorbildlich bewirtschafteten Wäldern und anderen kontrollierten Herkünften
www.fsc.org Zert.-Nr. GFA-COC-001223
© 1996 Forest Stewardship Council

© Hermann-Josef Emons Verlag
Alle Rechte vorbehalten
Umschlagzeichnung: Heribert Stragholz
Druck und Bindung: CPI – Clausen & Bosse, Leck
Printed in Germany 2010
ISBN 978-3-89705-706-7
Küsten Krimi
Originalausgabe

Unser Newsletter informiert Sie
regelmäßig über Neues von emons:
Kostenlos bestellen unter
www.emons-verlag.de

Für den Raben

»In jedem von uns steckt ein bisschen Fritzl.«
Aus der Predigt von Pastor Petersen

1

Montag, den 2. März

In meinem Leben sind mir schon viele Frauen begegnet. Mit etlichen pflegte ich intensive sexuelle Kontakte. Vielen tat ich weh, nicht unbedingt körperlich, eher psychisch. Etwa jede zweite spielte von vornherein das Opfer, das lässt sich später nicht immer eindeutig zuordnen. Die meisten jedenfalls nahmen die Rolle dankbar an. Mit vielen von ihnen verkehrte ich nur ein einziges Mal, bei den wenigsten blieb ich die ganze Nacht. Es gab auch welche, die waren noch Jungfrauen, jede einzelne unvergesslich. Zwei mussten bislang leider sterben, sie hatten es nicht besser verdient. Fragt mich jetzt jemand, ob mir mein Leben bis hierhin gefällt, würde ich antworten: Es scheint alles vorherbestimmt, aber warum nicht! Klar. Das Ganze am besten noch mal …

Doch so weit sind wir noch nicht. Doreen und ich sind nicht am Ende, wir stehen erst am Anfang unserer kurzen Liaison. Das harte Kopfsteinpflaster glänzt im spärlichen Schein der alten Straßenlaternen. Ein dünnes Licht, fast wie zu Störtebekers Zeiten. Es ist kurz vor Mitternacht und zu kalt für diese Jahreszeit, mehr Frost, weniger Feuchtigkeit. Die Temperatur sinkt langsam, aber stetig unter den Gefrierpunkt.

Mein Blick wandert abwechselnd von der Finsternis am Ende der Straße zu der gegenüberliegenden Pension und dann die Fassade hinauf. »Pour La Mère« – komischer Name hier oben an der Ostsee. Klingt eher nach einem Bordell in Paris. »Zur lustigen Puffmutter« oder so ähnlich. Aber Französisch ist nicht meine Stärke, das überlasse ich anderen.

Der lange Schatten von Doreen huscht in diesem Augenblick über die Hauswände am Ende der Gasse. Ihr Weg, das weiß ich aus den Beobachtungen der letzten beiden Tage, führt sie zu der kleinen Pension.

Sie ist von mir aufgrund solider Erfahrungswerte und reifer Überlegung auserwählt worden: groß, schlank, rothaarig, schön, das dreißigste Lebensjahr noch nicht vollendet.

Ich weiß nicht, woher sie stammt, auch nicht, woher sie gerade kommt. Aber das ist unerheblich. Doreen ist zu Gast in unserer beschaulichen Hansestadt, wie so viele Urlauberinnen vor ihr. Vielleicht flaniert sie sonst über die Shoppingmeilen in Hamburg oder Düsseldorf oder München. Keine Frage, sie hat Stil. Der kleine Mann dieser kleinen Stadt würde bei ihrem Anblick wahrscheinlich vom Großstadtflair schwärmen. Das schiefe Wismarer Kopfsteinpflaster jedenfalls bietet den Pumps keine Heimat und keinen Halt.

Ein kurzer hoher Schrei hallt von den Wänden wider, gefolgt von einem Fluch. Warum sie sich selbst immer so quälen? Stöckelschuhe, dazu die bittere Kälte – doch solche Gedanken bedeuten für mich in diesem Moment nur verlorene Zeit.

Sie kommt auf dem Bürgersteig langsam die Straße hoch, ihre Bewegungen sind müde, vielleicht ist sie ein wenig beschwipst. Es ist finster, sie geht nachts durch eine fremde Stadt, aber sie kennt keine Furcht. Sie weiß, ihr Zimmer ist nicht mehr weit.

Die Auswahl der Frau erfolgt nach akribischer Planung. Die perfekte Organisation ist die Voraussetzung für den erfolgreichen Ablauf der Unternehmung und einer sorgenfreien Zeit danach.

Die letzte Rothaarige ist lange her, in Doreens Fall ist es eine Initialzündung gewesen. Ihr Gang und ihre langen schlanken Beine haben mich aufs Äußerste provoziert. Sie zeigt auf Spaziergängen gern unvermittelt ein Lächeln, das hat eine Magie, die mich betört und verwirrt.

Seit drei Nächten wohnt sie im »Pour La Mère«. Ein guter Ort, vor allem für mich. Hier gehen Touristen ein und aus, oftmals Frauen, die allein reisen, die ein kostengünstiges Einzelzimmer wollen und nicht die feinen Adressen am nahen Marktplatz buchen. Sie suchen die Einsamkeit der engen Altstadtgassen.

Doreen schlüpft durch einen schwachen Lichtkegel unweit

ihres Gasthofes. Sie fummelt in der Handtasche herum, wahrscheinlich um den Hotelschlüssel zu finden.

Sie ist mir so nah, dass ich in der Kälte ihren Atem sehe. Schlagartig trete ich aus dem Schatten der Mauer, lausche den Atemzügen. Als ich sie jäh von hinten packe, werden Doreen und ich eins, unser Atem vermischt sich. Mit einem kräftigen Ruck reiße ich sie auf den Boden und zerre sie über die Straße. Sie will schreien, sie bekommt keine Luft, sie keucht und würgt. Auf der anderen Seite sind wir vor Blicken geschützt, ihre hohen Hacken erzeugen auf dem Pflaster kratzende Schleifgeräusche. Sie windet sich in meinem Griff wie in einem Schraubstock, schlägt ziellos um sich, verdreht ihre schönen Augen. Sie will ein letztes Mal schreien, doch da kommt kein Mucks.

Die Klinge schnappt aus der Scheide. Doreen röchelt merkwürdig, als ich ihr das Messer zwischen die Rippen stoße. Blut quillt langsam durch ihren Mantel. Ich schlage ihr einmal kraftvoll mitten ins Gesicht, es knackt, schade um die feine Nase.

Hinter einem Mauervorsprung bearbeite ich ihren schönen Körper, gezielte Stiche, erfahrene Schnitte wie mit einem Skalpell – bis nichts mehr ist, wie es einmal war.

Mir wird wohlig warm ums Herz, ihr Blut läuft über meinen Handrücken, in einem Rinnsal über die Pflastersteine und verebbt dort in den dunklen Ritzen. Wie Pech und Schwefel werden nun ihr Blut und ihr Schicksal unlösbar an meinen Händen kleben. Meine Atmung geht ruhig, ihre verstummt. Meine Klinge schnappt zu.

Am Ende der Straße brechen die Lichter eines Lasters durch die kalte Finsternis. Für einen kurzen Moment sehe ich in ihr verzerrtes, einst makelloses Gesicht.

Es ist das Ende … Es gibt kein Ende. Nur den Gedanken daran.

2

Dienstag, den 3. März

Das Fischbrötchen in Hansens Hand hatte auch schon einen besseren Tag erlebt. Er kaufte die viertel Pfeffermakrele stets bei Lotte Nannsen am Alten Hafen. Fisch war seine Lieblingsspeise. Ehrlich, ich hatte ihn nie etwas anderes zu sich nehmen sehen – immer nur Makrele im Brötchen und Bier.

Nun war es halb sieben Uhr morgens, nicht nur für ein kühles Pils zu früh. Zu dieser Zeit waren selbst die Schotten des alten Fischkutters der stadtbekannten Frühaufsteherin Lotte noch verrammelt. Anzunehmen also, dass nicht nur das Brötchen von gestern war, sondern auch der geräucherte Belag.

Hansen aß nachdenklich vor sich hin. Der Anblick der halb nackten Toten direkt vor unseren Augen auf dem kleinen Gästeparkplatz der Pension »Pour La Mère« war, gelinde ausgedrückt, unappetitlich: halb gefrorener, blutverklebter Oberkörper mit unzähligen Einstichstellen, ein blutgetränkter Mantel, Würgemale am Hals, hervortretende farblose Augen, nackter Unterleib, komisch verdrehte Beinhaltung, zerrissene weiße Unterwäsche.

In sicherer Höhe über dem Tatort kreisten erste gierige Seemöwen und kreischten, als wollten sie uns mitteilen, was unten alle längst wussten: Es handelte sich um ein Gewaltverbrechen.

In seinen fünfundzwanzig Dienstjahren hatte Kommissar Olaf Hansen eine Menge erlebt und gesehen, das wusste ich aus der Recherche im Pressearchiv. Es gab dort einen großen Karton, randvoll mit Akten, und dazu mehrere kleine Kartons mit Mikrofilmen.

Alle kleinen und größeren Delikte der Küstenregion wurden in unserem Verlag detailliert registriert und katalogisiert, auch absonderliche Vorfälle wie der Kuhklau in der Millenniumnacht, die nie aufgeklärten Fälle wie das plötzliche Verschwinden von Lottes Ehemann, dem Fischer Siggi Nannsen, bei starkem Seegang irgendwo zwischen dem dänischen Bornholm und der Insel Poel, oder die wenigen wirklich schrecklichen Taten wie der brutale Mord an Maurermeister Linsen im Oktober 89, kurz nachdem die Mauer gefallen war. Doch das waren andere Geschichten, über die ich nicht zu berichten hatte.

Einst waren die alte Hansestadt Wismar und ihre ländliche Umgebung ein echtes Nest für Gesetzesbrecher, Piraten und Strolche aller Art gewesen. Grund war der reiche Handel und der rege Schiffsverkehr auf der Ostsee, die goldenen Jahre der Hanse. Aber das war lange her. Im letzten Jahrhundert passierte eine Menge Monströses. Doch konnte man zu DDR-Zeiten die schweren privaten Verbrechen offiziell an zwei Händen abzählen. Das sollte sich merkwürdigerweise auch nach der Wiedervereinigung der beiden deutschen Staaten zuerst nicht ändern.

Im letzten Vierteljahr passierte umso mehr. Drei Morde in drei Monaten, das war eine deutliche Steigerung. Ich hatte über diese mysteriösen Fälle zu berichten, aber zackig und knackig. Mein Brötchengeber: der OSTSEE-BLICK. Mein Name: Strauß. Norbert Strauß. Freunde nennen mich Nobbi.

Olaf Hansen hatte sich zum Jahreswechsel versetzen lassen. Geboren 1962 in Wismar, trat er 1984 in Schwerin in den Polizeidienst ein und hatte die letzten Jahre als Beamter Verbrecher auf Rügen gejagt. Seine Frau war angeblich von einem Tag auf den anderen mit einem reichen Touristen durchgebrannt, hieß es. Sicher war nur, sie hatten sich einvernehmlich getrennt, ihr Haus in Bergen verkauft und den Erlös geteilt. Ohne Rosenkrieg!

Hansen war in seine Heimatstadt zurückgekehrt und hatte den Posten des Dienststellenleiters, seines Vorgängers Hans-Uwe Bartelmann, Uns Uwe gerufen, der guten Seele der Wismarer Polizei, übernommen. Zum Jahresende war Uns Uwe fünfundsechzigjährig in den wohlverdienten Ruhestand getreten.

Der neue Kommissar hatte sich seinen beruflichen Neustart sicher entspannter gewünscht. Ein unauffälliger Typ, stets in Bluejeans gekleidet, Jacke wie Hose. An kalten Tagen wie heute trug er gern einen gestrickten Norweger-Pullover. Spärliches blondes Haar auf einem runden, wohlgenährten Gesicht, buchstäblich herausragend waren nur seine enormen Segelohren.

Hansen war letzte Woche siebenundvierzig Jahre alt geworden, und er aß nicht nur gern Fisch, er war auch im selbigen Zeichen geboren, notierte ich beiläufig an den Rand meines Notizbuches. Man wusste ja nie, welche Infos einmal brauchbar wurden.

»Jedes noch so kleine Detail ist wichtig!«, knurrte der Kommissar gerade die Kollegen von der Spurensicherung an, die die Bademutterstraße in ihrer ganzen Breite abgesperrt hatten und nun darangingen, die Fakten im Chaos zu sichern.

Ein Parkplatz mit fünf Autos, eine Ecke voller Bauschutt, vier Abfalltonnen mit Hausmüll, eine Tote unmittelbar hinter der Toreinfahrt. Gegenüber die Pension, nebenan eine Gaststätte, der Tatort umgeben von mehreren zwei- und dreistöckigen Fachwerkhäusern. Die vielen Schleif- und Kampfspuren waren für uns alle unübersehbar, aber schwer zu rekonstruieren.

»Der Tatort riecht!«, meinte Kubsch plötzlich verlegen, Hansens oftmals überfordert aussehender Assistent. »Es riecht nach altem Fisch.«

Kubsch starrte seinem Chef unverblümt auf den kauenden Mund, ein paar lose Brötchenkrümel, garniert mit schwarzen Pfefferkörnern, kullerten heraus und fielen auf den frostigen Boden. Das war gemein und wurde vor allem Lotte Nannsen nicht gerecht. Deren geräucherte Makrele vom Vortag konnte unmöglich schon vergammelt sein.

Für mich war es der Leichnam, der nach Fisch roch. Ich erschrak, denn in diesem Moment schlug über uns ein Möwenschwarm mit kehligem Geschrei ein paar Haken in die Luft.

»Pike! Mach mal Fotos«, raunte ich meinem Fotografen zu, »vor allem von der Toten. Auch mit Hansen drauf.«

Franz Pickrot war ein wieselflinker Pressefotograf, der beste, den der BLICK je hatte. Meist lagen wir zusammen auf der Lauer. Und was der Pike, wie wir Kollegen ihn nannten, vor die Linse bekam, war im Ergebnis stets sehenswert und bedeutete oft schon den halben Artikel.

Wenige Blitzlichter später pfiff ihn der Kommissar zurück.

»Ist die Meute schon wieder auf der Pirsch?«, bollerte Hansen. »Habt ihr keinen Respekt? Unsere Arbeit ist noch nicht getan, und ihr zertrampelt den ganzen Tatort.«

Für Hansen war das schon ein Redeschwall, wie selbst Kubsch es von seinem Chef kaum kannte. Verblüfft glotzten nun der Assistent und ich ungeniert zwischen Hansens triefendem Mundwerk und den fettigen Fingern mit dem Fischbrötchen hin und her.

»Frühstück«, sagte Hansen etwas verlegen.

»Klar«, erwiderte ich, nur um hinzuzufügen: »Und? Wer hat die Tote gefunden?«

»Müllabfuhr«, antwortete er trocken, »kurz nach fünf.«

»Und? Der Täter?«

Hansen schaute nach links, dann nach rechts und sagte dann einfach: »Weg!«

Ein Spaßvogel, unser neuer Kommissar.

»Können Sie schon etwas zum Opfer oder Tatmotiv sagen?«

»Doreen Stawowy, wohnhaft in Hamburg. Schmuck, Uhr, Kreditkarten – alles noch da, auch fünfzig in bar. Nichts gestohlen. Ein Triebtäter vielleicht.«

Er schwieg, wischte sich mit dem Ärmel über den Mund und machte nicht den Anschein, noch irgendetwas vermelden zu wollen.

»Das war's, Herr Strauß«, sagte er dann betont und wies mir und Pike den Weg hinter das rot-weiße Absperrband.

Da standen wir nun zwischen allerlei bekannten oder weniger bekannten Nachbarn. Wismar wächst langsam, aber stetig, ist jedoch immer noch verhältnismäßig klein, nicht einmal fünfzigtausend Einwohner, eigentlich zu winzig für eine Mordserie von diesem Format, wenn man das so formulieren darf.

Meine Gedanken wurden durch das Klingeln meines Mobiltelefons unterbrochen. Die Redaktion im Entenweg, der Chef wollte wissen, wie es steht. Der Text müsse in spätestens einer halben Stunde abgenommen werden, sonst würde es zeitlich eng mit der ersten Sonderausgabe zum Frauenmörder von Wismar. Ich versprach, rechtzeitig fertig zu sein.

Der Druck auf den OSTSEE-BLICK war enorm, weil wir den ersten Mord buchstäblich total verschlafen hatten. Die Welle Meckpomm war mit der Meldung und nur eine Stunde später mit einer Reportage auch auf ihrer Webseite wesentlich schneller als der BLICK, und der Radiosender saß in Rostock.

Wir dagegen hatten eine Lokalzeitung mit den kürzesten Wegen. Das Verlagshaus lag mitten in der Altstadt, die Redaktion, die Druckerei, der Vertrieb, alles unter einem grünen gotischen Dach, besser ging es nicht. Und dann drei Morde und alle quasi in der Nachbarschaft! Wir saßen förmlich an der Quelle.

Die Leitung hatte deshalb für heute Morgen die Realisierung eines Extrablatts beschlossen. Wie in den guten alten Zeiten, hatte der Chef voller Hingabe betont. Welche Zeiten er damit meinte, wusste ich nicht, nur eines war klar: Wir mussten schnell berichten. Keine Frage, wir hatten weltweit die Ersten zu sein.

Die erste Frauenleiche hatte Pastor Petersen am Morgen des zweiten Januar gefunden, abgelegt unter einem Haufen aussortierter Weihnachtsbäume hinter dem Mutterschiff der Sankt Nikolaikirche. Eine junge Frau aus Bremen, Katharina Reich, siebenundzwanzig Jahre, Rechtsanwaltsgehilfin, blond, allein reisend. Massakriert. Ihr Anblick war ähnlich entsetzlich wie heute der von Doreen Stawowy. Mein erster Eindruck war: Das musste derselbe Täter sein.

Unten am Hafen zwischen den Mauern der alten Speicher hatte der Hafenmeister am Rosenmontag das zweite Opfer gefunden, eine fünfundzwanzigjährige Kunststudentin aus Berlin, Susanne Stein, ebenfalls blond und erstochen und elendig verblutet. Die Möwen hatten sich schon, wie bei einem Fischkadaver, über die Leiche hergemacht.

Beiden Frauen war, wie dem dritten Opfer, nachts aufgelauert worden. Alle wurden mit unzähligen Messerstichen bestialisch abgeschlachtet.

Nach dem zweiten Mord war Wismar nicht mehr wiederzuerkennen, es herrschte blankes Entsetzen und regelrechte Panik. Die Menschen hatten schon am frühen Abend Angst, das Haus zu verlassen. Die Blicke in den Straßen suchten den Täter und formulierten stumm wieder und wieder den immer gleichen Satz: Du bist unter uns.

Die Kripo nahm gerade Gipsabdrücke von den Reifenspuren auf dem Gelände, wo Leiche Nummer drei jetzt in eine schwarze Plastikfolie gewickelt und vorsichtig von zwei Bestattungsleuten in ihren vorläufigen Sarg gelegt wurde.

Hansen runzelte die Stirn. Er versuchte zu rekapitulieren, was in der Nacht in der Bademutterstraße geschehen sein musste. Ab und zu ließ er von seinem Assistenten Kubsch etwas in den Klappblock notieren. Der neue Kommissar war wie ein Yorkshireterrier, wenn der sich festbiss, dann ließ er nicht mehr los.

Seit der Scheidung von seiner Frau lebte er wieder mit seiner Mutter zusammen, der vierundsiebzigjährigen Hanna Hansen, in deren hübschem Haus in der Böttcherstraße Nummer 35, das, wie so viele Hansehäuser in der Altstadt, unter Denkmalschutz stand. Die Leute sagten oft, sie sei seine treue Ratgeberin bei schwierigen Fällen. Ihr Ole, wie sie ihn stets liebevoll nannte, hielt die Mama offiziell aus allem heraus. Aber intern, hieß es, habe sie den objektiven Blick auf alle Spuren und Indizien. Wenn Ole Hansen nicht weiterwusste, saß er mit Hanna bei Schwarzbrot und Fischplatte am Küchentisch und diskutierte Fakten und Vermutungen.

Konfrontierte man ihn mit solchem Gerede, antwortete er stets dasselbe: »Spinnt ihr denn komplett!«

Mit Hanna im Rücken durfte sich kein noch so cleverer Mörder der Welt vor unserem Kommissar sicher fühlen, das war meine ehrliche Meinung über Olaf und seine Mutter.

Hansen biss noch einmal hungrig in seine Pfeffermakrele, er sah dabei zu uns herüber. Bildete ich mir das ein, oder musterte er mich misstrauisch?

»Die Polizei müssen wir uns warmhalten«, raunte ich Pickrot zu. »Den Hansen brauchen wir noch.«

»Als Fischfutter, Norbert. Als Fischfutter für unsere Leser«, ergänzte Pike lakonisch.

Ich warf dem Kommissar ein reichlich verlogenes Lächeln zu, der wandte sich angewidert ab. Pike stieß mir in die Rippen und deutete mit einer Kopfbewegung zur anderen Straßenseite.

Ich sah Carsten Kracht, den kahlköpfigen Wirt, aus einem oberen Stockwerk seiner Pension spähen. Er wirkte angespannt. Lässig winkte ich ihm zu. Als er mich bemerkte, zog er schnell die Gardine vor seinen breiten Bollerkopf. Wir hatten vor zwei Jahren schon einmal das Vergnügen gehabt, ein grobschlächtiger Kerl, dieser Kracht.

Ich schaute mich weiter um. Was wäre, wenn der Täter noch in der Nähe war? Vielleicht beobachtete er die ganze Szenerie. So etwas sollte es ja geben, das hatte ich mehrfach in einschlägiger Literatur gelesen.

Die etwa fünfzig Schaulustigen rund um das Absperrband tuschelten um die Wette, doch keiner mochte zu laut reden. Niemand wollte auffallen. Als wenn die Anwesenheit des Todes nicht allein das Gemüt bedrückte, sondern auch mächtig auf den Mut jedes Einzelnen schlüge.

»Angst ist kein guter Ratgeber«, fabulierte Pike neben mir und knipste in die Menschenmenge. »Unser Mörder weiß so was.«

Die Fotos waren Gold wert, das war klar.

Mit Block und Stift bewaffnet befragte ich einige Passanten

und Anwohner aus der Bademutterstraße nach dem Verlauf der Nacht. Aber keiner wollte etwas gehört, geschweige denn gesehen haben. Seeluft mache ja todmüde, war noch die glaubhafteste und dennoch dreisteste Ausrede der zumeist älteren Herrschaften. Schnell wurde klar, bei den stoischen Rentnern der Hansestadt war für mich nicht viel zu holen.

Beruflich stand ich jetzt unter enormem Druck: kein Täter, keine Zeugen, nicht einmal die üblichen Wichtigtuer, die immer etwas von sich geben wollten, nur um sich selber am nächsten Tag in der Zeitung bewundern zu können. Mir musste etwas einfallen und das plötzlich. Eine Hammerstory mit Reportagecharakter. Das schrie geradezu nach verwegenen oder absurden journalistischen Winkelzügen.

Auch Pike war voll in seinem Element. Für uns zwei, da waren wir uns wortlos einig, konnte das *die* berufliche Chance beim BLICK bedeuten. Und die Story sollte für uns beide erst jetzt so richtig beginnen.

Mein Handy klingelte schon wieder, jetzt war die Sekretärin vom Chef dran: Text und Fotos sollten sofort in die Redaktion, die Druckerei säße uns im Nacken. Ich kannte das schon, kurz vor knapp wurden alle nervös.

Wir wanderten um die Absperrung, schlüpften unbeobachtet auf den Parkplatz, setzten uns in Pikes Pick-up und brausten etwas zu dynamisch vom Tatort.

Im Seitenspiegel sah ich Kubsch wild hinter uns hergestikulieren und Hansen den Rest seines Brötchens fluchend auf den Bürgersteig werfen. Im Sturzflug zerriss eine Handvoll Möwen die kläglichen Überbleibsel der Makrele. Eines schien klar, unser neuer Kommissar zeigte Nerven.

***

Kaum war am Vormittag die erste Sonderausgabe zum Frauenmörder von Wismar auf dem Markt, da nahm das Schicksal auch schon seinen Lauf.

»Unterschätze nie deine Gegner.«

Das Leitmotiv vom Chef wurde oft genug quer durch die Redaktion zitiert, aber leider genauso häufig wieder vergessen. Redaktionsleiter Gregor Mahlzan, sechsundfünfzig Jahre, hatte eine Menge in seinem Journalistenleben mitgemacht, und sein Lieblingsmotto bestätigte sich in diesem Moment einmal mehr: Der härteste Gegner sitzt einem oft näher im Nacken als vermutet.

Raimund Tomsen kochte, er war ganz rot vor Zorn.

Meine Idee hatte aber auch eine perfide Genialität: den Mord und seine Hintergründe aus der Ich-Erzähler-Perspektive, als Semi-Dokumentation zu verfassen, das Ganze quasi aus der Sicht des vermeintlichen Täters zu protokollieren. Das war nicht nur ungewöhnlich, das war an Dreistigkeit kaum zu überbieten und für manchen Kollegen eine ziemliche Unverfrorenheit.

Und Tomsen, der harte Knochen, hakte da natürlich sofort ein. Er giftete, das sei eine Frechheit und nur zu vergleichen mit den Hitler-Tagebüchern. Rumms! Das saß.

Die schnelle Eva, wie sie aufgrund ihrer Vorliebe für Sportwagen gern genannt wurde, die Sekretärin vom Chef, ließ vor Schreck ihre Nagelfeile fallen.

Mit seiner Analyse war Kollege Tomsen eine Nuance zu weit gegangen, das merkte er jetzt selber und ruderte auch prompt zurück. Das sei ein Griff in die billige Trickkiste, bei eiskaltem Mord nicht angebracht.

»Der Stil ist zu reißerisch, einfach schamlos. Das ist reine Hobby-Psychologie, sich die Sichtweise des Mörders zu eigen zu machen und in dessen Seele zu kriechen. Impertinent!«, schimpfte er wie ein Rohrspatz. »Und dann kommt solch eine Kaffeesatzleserei dabei heraus!«

Das ließ sich schon eher hören, damit konnte ich leben. Gut war die Story allemal, handwerklich gut, inhaltlich vielleicht ein wenig vage, dafür aber in der Wirkung exzellent.

»Warum hält er sich nicht einfach an die Fakten? Allein die Tote gibt doch sicher eine Menge her!« Tomsen richtete seine Frage nicht an mich, sondern direkt an den Chef. »Stattdessen wildeste Spekulationen über die Psyche des Täters! Versteh ich nicht.«

»Opferschutz!«, log ich kurz und bündig. »Außerdem kriegt die Geschichte so mehr Würze. Frauenbesessener Psychopath aus dem armen Osten lyncht reiche Schöne aus dem Westen! Das knallt wie ein Chinaböller D!«

Das wusste auch Tomsen, das konnte er nur nicht zugeben, so wie ihn der Neid gerade zerfressen dürfte. Wende hin oder her, das Geschäft mit der Mauer im Kopf, das lief geschmiert wie am ersten Tag. Tomsen kam aus dem Osten, der hatte noch Ideale und Vorstellungen von Gut und Böse, trotz fünfundzwanzigjähriger Berufserfahrung.

Die anderen Kollegen und eine Menge Leute auf der Straße zerrissen sich aber die Mäuler, seit die Sondernummer auf dem Markt war. Der BLICK war buchstäblich über Nacht endlich mal wieder in aller Munde.

Vom nahen Sankt-Marien-Kirchturm verkündete das dezente Glockenspiel, dass es gerade Punkt zwölf Uhr war. Und Mahlzans Designertelefonanlage klingelte heute bereits zum x-ten Mal. Auch das war ein Maßstab für Erfolg.

»Auflage: dreißigtausend!«

Gregor Mahlzan sah es pragmatisch und trommelte mit dem Zeigefinger auf die Titelseite.

»Das hatte der BLICK seit der Sturmflut anno 1962 nicht mehr.«

1962. Da wäre meine Familie in Hamburg fast abgesoffen. Oma soll mit den Kindern auf dem Dachsims gesessen haben. Der Hubschrauber hatte sie vor den Fluten gerettet. Das waren die Knüllergeschichten von damals, die noch heute um die Welt gingen, vor allem wenn der Schmidt mal wieder runden Geburtstag hatte. An Nordsee und Elbe traf es die Menschen zwar weit schlimmer als hier in Mecklenburg-Vorpommern, aber auch die Ostsee konnte gefährlich ungemütlich werden.

»Und dann diese Macho-Psycho-Nummer gleich am Anfang! Respekt, Norbert, meinen ehrlichen Respekt. Du bist auch kein Kostverächter, wie? Du kennst dich aus mit Frauenherzen, das merkt man gleich.«

Eva starrte ihren Chef etwas perplex an. Die einzig adäquate Reaktion – schließlich war die hübsche schwarzhaarige Eva seit fast einem Jahr nicht nur die unangefochtene Chefsekretärin, sondern auch Mahlzans heimliche Geliebte.

Mit seiner Ehefrau war er über zwanzig Jahre verheiratet, das sei wichtig gewesen für die Karriere, hatte er einmal ziemlich blau auf einer Betriebsfeier in feuchtfröhlicher Runde erklärt. Seinen guten Geist nannte er seine vier Jahre jüngere Frau. Sie hieß übrigens Evi und wusste von nichts.

Jetzt glotzte Eva mich an, als könnte sie Gedanken lesen. Ich wandte mich wieder Tomsen zu, der sich mit Mahlzan wegen meines gewagten Kunstgriffs zunehmend in die spärlichen Haare bekam.

Raimund Tomsen war einer der wenigen, die sich harte Meinungsverschiedenheiten mit dem Chef erlauben konnten, schließlich war er fast so lange beim BLICK wie sein Redaktionsleiter. Er war jetzt fünfzig, und er hatte es mit zunehmendem Alter nicht leichter. Seine Frau war vor drei Jahren bei einem Verkehrsunfall gestorben. Sein Sohn, gerade achtzehn geworden, machte ihm schwer zu schaffen. Ladendiebstähle und Drogen, berichtete der Flurfunk. Lauter ärgerliches Zeug jedenfalls. Aber noch war Raimund der Platzhirsch, er hatte schon zu einer Zeit mit Regelmäßigkeit und großem Erfolg Leitartikel verfasst, da hatte ich noch von einem Praktikum beim OSTSEE-BLICK geträumt.

Seit 1991 war der BLICK ein Tochterunternehmen vom Lübecker Echo und gehörte dadurch zu über fünfzig Prozent einem weltweit bekannten Hamburger Verlagshaus. Die Auflage stagnierte normalerweise bei knapp unter zwanzigtausend. Das war nicht schlecht für eine regionale Tageszeitung, aber auch kein Grund zum Jubeln. Unsere Leserschaft lebte hauptsächlich im Küstenbereich Mecklenburgs. Für die Region um

Wismar war der BLICK *die* Zeitung schlechthin. Wer hier auf der Titelseite gedruckt wurde, der war gesellschaftlich ein gemachter Mann.

Für Raimund Tomsen wurde die Luft zwar langsam dünner, aber noch wagte niemand, sich mit offenem Visier gegen ihn zu stellen.

»Raimund! Denk doch an die Chancen, die darin schlummern. Das ist wie das Tagebuch eines Mörders. Da machen wir eine Psycho-Serie daraus. Die Konkurrenz ärgert sich schwarz«, versuchte Malle ihn zu überzeugen.

»Malle« war seit Urzeiten Mahlzans Spitzname beim BLICK, weil er in seinem journalistischen Leben schrägen Geschichten und gewagten Mitteln gegenüber stets aufgeschlossen war.

Mahlzan hatte mitten in seinem Reporterleben in den Neunzigern eine Bande auf der Halbinsel Fischland-Darß-Zingst wochenlang auf eigene Faust beschattet und im Kielwasser ihrer Einbrüche, meist in die Villen auf dem Millionenhügel in Ahrenshoop, den Aufmacher noch in derselben Nacht druckfertig gehabt. In der Morgenausgabe standen bereits Details exklusiv nachzulesen, bevor die zuständige Polizeidienststelle in Bad Doberan überhaupt Wind von der Sache bekam.

Eine nur schwer zu überflügelnde Glanzleistung, die Malle Name, Rang und Ehre beim BLICK eingebracht hatten.

Auf dem Schreibtisch klingelte schon wieder das Telefon. Die schnelle Eva legte langsam die Feile zur Seite und nahm das Gespräch an.

»OSTSEE-BLICK. Redaktionsleitung. Eva Pretorius am Apparat.«

Es entstand eine kurze Pause, in der sich Fräulein Pretorius symbolisch mit der Hand an die Gurgel griff. Das hieß wohl: Ärger im Anmarsch. Sie reichte mir den Hörer herüber und sagte nur: »Für dich, Norbert.«

»Ich mach Sie fertig«, blökte es wie ein Schaf am anderen Ende der Leitung. »Strauß! Ich mach Sie fertig!«

Der Anrufer hatte die nervige Angewohnheit, fast alles, was er sagte, zu wiederholen.

»Strauß, Sie sind ein Schwein! Ein Schwein! Ein echtes Schwein sind Sie! Wissen Sie, wie man das nennt? Das ist ganz klar Rufschädigung! Ach was, Rufmord! Rufmord ist das! Wir sind eine seriöse Pension. Seriös, verstehen Sie? Keine billige Absteige für irgendwelche Flittchen. Was glauben Sie eigentlich, wer Sie sind, Strauß?«

Ich machte Eva ein Zeichen, den Knopf am Telefon zu drücken, sodass die Kollegen das Gespräch mithören konnten.

»Was glauben Sie, wer Sie sind? Ich will Schadensersatz. Ich verklage Ihr Schmierblatt auf Schadensersatz! Ihnen wird noch Hören und Sehen vergehen, Hören und Sehen …«

So blökte es noch eine Weile ohne längere Unterbrechungen, bis die Atmung des Anrufers stockte. Er holte mehrfach kurz und kräftig und geräuschvoll Luft, das machte wohl die Aufregung.

»Beruhigen Sie sich doch, Herr Kracht. Das ist Kreativität und Pressefreiheit.«

Ich hatte seine erregte Stimme früh erkannt, es handelte sich um den Wirt vom »Pour La Mère«, der sich nach dem Mord unmittelbar vor seiner Pension schon vor dem sicheren Ruin sah. Carsten Kracht hatte einfach das Pech, das Todesopfer beherbergt zu haben. Das war keine gute Publicity. Aber Publicity ist Publicity und noch lange kein Grund, persönlich beleidigend zu werden.

»In der Regel ist es doch so, dass der Leser weiß, dass der Artikel ein Mix aus Phantasie und Faktenrecherche des Reporters ist. Lieber Herr Kracht, lassen Sie die Kirche im Dorf. Der Name Ihres Hotels wurde heute auf der ersten Seite dreißigtausendfach gedruckt und gelesen – wenn das keine Werbung ist.«

Das krächzende Gestammel des Wirtes nahm bedrohliche Ausmaße an, in diesem Moment überschlug sich seine Stimme. Carsten Kracht, von seiner Pension in der Bademutterstraße Luftlinie keine fünfhundert Meter von unserer Redaktion entfernt, ließ Evas Designertelefon vibrieren.

Der Chef selber drückte auf den Knopf, gab seiner Sekretärin den Hörer, die legte auf, und es wurde angenehm still im Raum.

»So was läuft unter Kollateralschäden«, bemerkte Malle trocken. »Wir müssen jetzt nachlegen, das Eisen schmieden, solange es heiß ist. Drei tote Frauen in drei Monaten! Wie wird das weitergehen? Wie viele soll es noch erwischen? Wer kommt als Täter in Frage? Das müssen wir jetzt recherchieren. Da ist kein Verlass auf hiesige Polizeiarbeit. Das kann noch einmal drei Monate dauern, bis dieser Hansen uns einen Verdächtigen präsentiert.«

Der Chef guckte Tomsen an. Der starrte geschlagen zu Boden und bekam den undankbaren Auftrag, sich ohne zeitlichen Aufschub ins Archiv zu vertiefen und Informationen über Mordserien in der Geschichte der Bundesrepublik zusammenzutragen, damit könnten Folgeartikel in den nächsten Ausgaben entsprechend angereichert werden.

»Und du, mein Lieber!« Malle blickte mich mit funkelnden Augen an, zweifellos hatte ihn der Jagdinstinkt gepackt. »Du eruierst noch heute Nachmittag im Wismarer Gefängnis, ob einer von den dortigen Freigängern die betreffende Zeit nicht in seiner Zelle verbracht hat. Dann heftest du dich an die Fersen des neuen Kommissars. Und gleich für morgen machen wir einen Termin klar auf dem Sofa vom Polizeipsychologen Dr. Möller. Ein guter Bekannter von mir, bei dem habe ich noch etwas gut. Und der sitzt bestimmt an seinem Schreibtisch auf Poel und beginnt mit Genuss, für uns ein Täterprofil zu erstellen. Bessere Hintergrundinformationen kriegst du nirgendwo.«

Er sah mich freundschaftlich, ja fast väterlich an, bevor er gut gelaunt hinzufügte: »Mein lieber Nobbi, dann müssen dir auch nicht wieder die Gäule durchgehen. Dann hat das zur Abwechslung mal alles Hand und Fuß. Nicht wahr?«

Ich hatte es kapiert. Das Besondere war nicht, dass Tomsen statt meiner Wenigkeit in den Keller musste, viel wichtiger war, dass der Chef mich zum ersten Mal Nobbi nannte. Das konnte er nur von Eva haben, diesem Miststück. Die Koseform von Norbert war bis dahin nur Verflossenen oder engen Vertrauten vorbehalten gewesen.

Egal. Nach den erhitzten Diskussionen am Vormittag freute ich mich auf die Recherchen am Nachmittag. Das bedeutete, außer Haus unterwegs zu sein, mit Pickrot im Pick-up die Freiheit des Reporterlebens zu genießen. Spätestens um zweiundzwanzig Uhr war dann normalerweise Zapfenstreich, da musste die Story durch den Chef vom Dienst oder von der Leitung persönlich abgenommen werden.

Aber ein Reporter machte keine Pausen, in Stoßzeiten schrieb er die ganze Nacht. Bei einem Extrablatt wurde der Leitartikel auch schon mal morgens um fünf wieder umgeschrieben oder sogar komplett neu verfasst. Seit der Mordserie kannte ich überhaupt keine geregelten Arbeitszeiten mehr. Immer wachsam. Das war mein Motto. Immer auf der Lauer. Immer im Einsatz für den BLICK.

***

Die Justizvollzugsanstalt Am Fürstenhof befand sich am Rande der inneren Altstadt, unmittelbar neben der Kirche Sankt Georgen, einem der drei sakralen, monumentalen Wahrzeichen Wismars. Pike setzte mich direkt vor der Mauer der Haftanstalt ab, er wollte in der Zwischenzeit im Fachhandel ein neues Teleobjektiv ausprobieren.

Bevor ich in die dunklen Verliese des Gefängnisses abtauchen durfte, blinzelte ich in die Sonne. Selten genug, dass sie zu dieser Jahreszeit schien. Vor dem Eisentor begleitete mich Möwengeschrei – der Soundtrack von Wismar, dachte ich etwas geschwollen, da machte es »Platsch«, und ein sehenswerter Vogelschiss schmückte das Schulterstück meiner neuen braunen Wildlederjacke.

Scheiße! Doch so etwas sollte ja angeblich Glück bringen, hatte ich irgendwann einmal gehört. Und Glück brauchte ich jetzt, ob von oben oder anderswo.

Das Gerichtsgebäude und das Gefängnis lagen praktischerweise auf einem Gelände, eben dem früheren Fürstenhof, der einstigen Residenz des Herzogs von Mecklenburg, der sich bereits im 14. Jahrhundert wegen der berüchtigten Aufmüpfigkeit der Wismarer Bürger mit Sack und Pack nach Schwerin verzogen hatte. Sukzessive entstand hier ein Kleinod Mecklenburger Rechtsprechung, geachtet oder gefürchtet (abhängig allein vom Standpunkt des Betrachters) weit über die engen Altstadtgrenzen hinaus. Es diente als Gericht und Stadtarchiv und ein später erbautes Nebengebäude als Haftanstalt, sodass die Straftäter nach ihrer Verurteilung den kürzesten Weg in ihre neue Behausung nehmen konnten.

Laut Auskunft der Pressestelle der Bürgermeisterin der Hansestadt Wismar konnten derzeit von einundzwanzig Insassen drei aufgrund ähnlich gelagerter Verbrechen zu den möglichen Verdächtigen gezählt werden. Einer kam wegen mehrfacher Vergewaltigung, ein anderer wegen Messerstecherei mit Tötungsabsicht und der dritte wegen wiederholtem Exhibitionismus im geschlossenen Trakt des Fürstenhofes zu freier Kost und Logis.

Bei der Leitung der JVA erfuhr ich, dass der letzte Kandidat komplett aus unserem Raster fiel, da er als Wiederholungstäter keinen rechtlichen Anspruch auf Freigang hatte. Hart und ungerecht, wie ich empfand, aber das Los eines Exhibitionisten, das war jetzt wirklich nicht mein Job. Dagegen waren die beiden erstgenannten Häftlinge Freigänger, das hieß, sie durften sich für bestimmte Zeitabschnitte unter strengen Auflagen außerhalb des Fürstenhofes bewegen. Ein Privileg, bei guter Führung zur sozialen Wiedereingliederung gedacht, wovon der Vergewaltiger am letzten Montag gar keinen Gebrauch gemacht hatte. Selig hatte er in seiner Zelle die betreffende Nacht zum Dienstag verschlafen.

Blieb also nur mehr der Insasse mit der klangvollen Häftlingsnummer 23966, der Messerstecher Manfred Kemmann. Er hatte wie die fünf Wochenenden zuvor verlängerten Freigang, das hieß, drei Tage und drei Nächte verbrachte er draußen und erschien erst wieder Dienstag früh pünktlich um sechs Uhr dreißig am Fürstenhoftor zur Wiederaufnahme seiner zweieinhalbjährigen Haftstrafe, von der er zwanzig Monate bereits verbüßt hatte.

Nach Aussage des zuständigen Justizvollzugsbeamten hatte Kemmann genaue schriftliche Angaben zu machen, wo er die Zeit verbringen wollte. Das gesamte verlängerte Wochenende war seine derzeitige Anschrift An der Koggenoor 13 gewesen, die Wohnung seiner langjährigen Freundin Grit Schiffer. Das galt es zu prüfen. Ich fragte nach der Erlaubnis, direkt mit Herrn Kemmann sprechen zu dürfen.

Mit den Worten »Versuchen Sie nur Ihr Glück, Herr Strauß« entsprach der Anstaltsleiter vieldeutig meinem Wunsch.

Auf dem Weg durch die Haftanstalt, die bei insgesamt dreiundzwanzig Einzelzellen die überwiegende Zeit des Jahres ausgebucht war, fühlte ich mich beobachtet, obwohl ich weit und breit niemanden zu sehen bekam. Die Insassen hockten hinter dicken Stahltüren. Der Beamte schlenderte mit mir im Schlepptau und seinem Schlüsselbund klingelnd an den Zellen vorüber, um dann am Ende des Ganges die Tür zum Besucherraum zu öffnen.

Beim Anblick des Messerstechers wurde mir schnell klar, was der JVA-Leiter gemeint hatte. Tätowierter und aggressiver ging es kaum, optisch schon mal ein ganz harter Bursche, dieser Kemmann. Und je härter er sich fühlte, umso glücklicher schien er, so mein erster Eindruck.

Mit der Bemerkung, dass er gleich zurückkommen werde, zog der Beamte überraschenderweise die Tür hinter sich zu, schloss ab und trottete draußen auf die gleiche schlurfende Art und Weise den Gang wieder zurück.

Manfred Kemmann kratzte sich am Kopf, nahm einen Pappbecher vor sich vom Tisch, setzte an und schlürfte lautstark ein paar kleine Schlucke, ohne mich dabei aus den Augen zu lassen.

Nach kurzer, sehr einseitiger Vorstellung fragte mich mein bis dahin wortkarger Interviewpartner: »Hast du? Oder hast du nicht?«

»Wie?«

»Na, warst du das, der den Scheiß in die Zeitung gesetzt hat?«

»Ich habe einen Artikel geschrieben, wenn Sie das meinen.«

Er beobachtete mich zwar grimmig, doch mit unverhohlener Neugier. Ich war für ihn eine willkommene Abwechslung in seinem Knastalltag. Mehr nicht, dachte ich.

»Du bist eine hohle Nuss und weißt gar nichts. Du hast ja keine Ahnung! Willst du wissen, wie ein Schlitzer in Wirklichkeit seine Arbeit tut?«

»Gerne, Herr Kemmann.«

»Was soll der Scheiß. Nenn mich Manni, alle nennen mich hier so.«

»Okay. Manni.«

Ein Teufelskerl mit dreister Schnauze, so sah er sich selbst am liebsten. Seine Knasttätowierungen breiteten sich über seine muskulösen Arme den Hals hinauf aus, bis zu einem schwarzen Kreuz mit roter untergehender Sonne mitten auf seiner Stirn. Und das war nur das, was zu sehen und nicht von Hemd und Hose bedeckt war. Reizender Anblick eines humanistisch erzogenen Menschen in seinem etwa vierzigsten Lebensjahr.

»So sticht man zu. Und so. Und so. Und hierhin. Und dahin.«

Beim besten Willen, der Mann hatte einen an der Klatsche. Manni zog doch glatt ein Messer aus dem Stiefel und wollte demonstrieren, wie er sich als Autodidakt den professionellen Umgang mit dem Werkzeug beigebracht hatte. Er drückte sich zwar nicht so gewählt aus, meinte aber das Gleiche, als er ausrief:

»Und so mach ich das. Und so. Schlitz. Schlitz. Das muss man trainieren. Und dann wieder zu.«

Die Klinge zischte in rasender Geschwindigkeit hin und her und zerschnitt die abgestandene Luft in diesem jetzt viel zu kleinen Raum.

Ich war bestimmt kein Kind von Traurigkeit und als Reporter mit feuilletonistischem Anspruch schon gar kein Schöngeist, aber Manni Kemmann war zu viel für mich, seine Kunststücke mit offener Klinge brachten mich zunehmend aus dem seelischen Gleichgewicht.

»Du musst kraftvoll schlitzen, sonst hat das keinen praktischen Nutzwert. So. Du. Und so.«

Manni war gemeingefährlich und hatte mehr als eine Schraube locker. Dem war alles zuzutrauen, auch versehentlicher Mord. Ich kam mächtig ins Schwitzen und schaute Hilfe erflehend zur verschlossenen Tür.

»Ich wüsste nicht, dass wir schon beim Du sind«, erwiderte ich etwas unüberlegt.

Ein reiner Reflex, um Distanz zu schaffen, um ihm durch Autorität Respekt einzuflößen.

»Was quatschst du?«

»Wo waren Sie in der Nacht von Montag zu Dienstag?«

Ich versuchte die Situation in den Griff zu kriegen. Sollte er sein Spielzeug ruhig behalten, das ging mich nichts an. Es war mir nur wichtig, hier gesund wieder herauszukommen.

Er schaute etwas dösig und steckte das Springmesser wieder ein.

»Wie? Wo war ich?«

»Na, in der Nacht, als der Mord an dieser Doreen geschah, wo steckten Sie da?«

»Zu Hause.«

»Wo ist das?«

»Na, An der Koggenoor, wo sonst?«

»Bei Ihrer Freundin?«

»Bei Grit, ja.«

»Grit Schiffer?«

»Ja. Was willst du eigentlich? Mir den Mord anhängen?«

Flink zückte er erneut das Messer und begann wieder wild vor meiner Nase herumzufuchteln, und weit und breit kein Beamter in Sicht. Überall das Gleiche: Wenn man sie braucht, sind sie nie da.

»Manni! Mann! Nimm doch das Ding weg. Steck es ein, sonst sieht es nachher doch noch der Aufseher.«

»Die sehen nix. Alles Dösköppe.«

Ich hatte langsam die Faxen dicke von seiner Wichtigtuerei. »Was macht deine Grit Schiffer denn so?«

»Beruflich?«

»Ja.«

»Fischer.«

»Wie? Die fischt Fische?«

»Ja. Ist halt 'ne Emanzipierte. Kann auch eine Frau, Fische fangen fahren. Deshalb bin ich ja auch immer pünktlich im Knast. Die schmeißt mich um Mitternacht raus. Ihr Boot liegt gleich am Alten Holzhafen, nicht weit weg, dann fährt sie mit dem Kahn aufs Meer. Und ich hol mir am Automaten im Bahnhof noch zwei, drei Büchsen Lübzer zum frühen Frühstück. Ich bin dann zwischen vier und fünf am Tor, da pennt der Wächter meistens noch vorn in seinem Kabäuschen. Dann muss ich über eine Stunde bis Schichtwechsel draußen in der Scheißkälte warten.«

»Wissen Sie, was Sie da sagen?«

Messer-Manni glotzte mich nur doof an.

»Das heißt, Herr Kemmann, Sie haben kein Alibi für die Tatzeit!«

Die Tür flog auf, und der Justizvollzugsbeamte schlurfte mit einem Kaffee herein. Manni steckte rasch sein Springmesser weg und nuckelte unschuldig am Limonadenbecher.

Das sprunghafte Siezen und Duzen in diesem merkwürdigen Interview flog auch weiter wild durcheinander, die Gesprächsführung und der Verlauf unserer Konversation waren wirklich nichts für schwache Nerven.

»Haben Sie Ihre Grit … damals, meine ich. Hast du auch die Grit mit dem Messer … gekitzelt?«

»Bist du plemplem?!« Er wurde lauter.

»Manni! Sie haben kein Alibi und eine einschlägige Vergangenheit. Das nährt einen Anfangsverdacht!«

»Das tut was?« Er wurde noch lauter.

»Sie sind verdächtig!«

»Halt die Fresse, du Spinner!«

Besseres bekam Messer-Manni zur eigenen Verteidigung nicht zustande. Er stand auf und war plötzlich gar nicht mehr so groß, wie ich vorher angenommen hatte. Er war, um es auf den Punkt zu bringen, fast so breit wie hoch und damit eher als klein zu bezeichnen, vielleicht ein Meter fünfundsechzig, sicher nicht mehr. Lügen hatten kurze Beine.

Manni wuchtete seine Wampe herum, die er bis dahin diskret unter der Tischkante verborgen gehalten hatte, tapste nervös von einem Bein auf das andere und richtete seinen Blick tatsächlich Hilfe suchend an den Beamten.

»Werner! Schmeiß den Kerl raus, der nervt.«

»Sie könnten mit mir zusammenarbeiten, Manni. Ich bring dich groß raus«, versuchte ich noch schnell die Kurve zu kriegen.

»Werner! Ich will sofort in meine Zelle«, fing Manni jetzt übertrieben an zu jammern.

»Sie hören, was der Häftling sagt«, richtete sich Werner an mich. »Wir müssen den Besuch jetzt beenden.«

»Manni! Waren Sie vorgestern Nacht in der Bademutterstraße? Haben Sie die Frau erstochen? Sind Sie der Mörder?«

Meine Stimme überschlug sich und war jetzt auch deutlich zu offensiv. Manni wirkte für einen kurzen Moment von der Rolle. Ich bekam Oberwasser, da flog mir ein Becher mit Zitronensprudel an den Kopf und bekleckerte meine schöne Wildlederjacke.

»Du Arsch, du! Komm du hier rein irgendwann! Ihr gehört eh alle eingebuchtet, ihr Schmierfinken. Da kriegst du 'ne Sonderbehandlung von mir. Eine Abreibung, die sich gewaschen hat. Weißt du überhaupt, was man mit solchen Leuten wie dir hier macht? Ich reiß dir den Arsch auf bis zum Stehkragen! Das schwöre ich hoch und heilig, so wahr, wie ich Messer-Manni heiße.«

Dem Wortschwall war in seiner Deutlichkeit nichts hinzuzufügen. Werner führte einen strampelnden und zeternden Manni Kemmann aus dem Besucherraum.

Ich wischte mir mit einem Taschentuch, das mir der Werner

freundlicherweise gereicht hatte, das Gesicht trocken und kam so auch endlich dazu, zumindest provisorisch den Möwenschiss auf meiner Schulter zu beseitigen.

Dann machte ich mich allein auf den Weg zurück durch den Zellentrakt. Ich wollte nur eines: schleunigst raus aus dem Fürstenhof.

3

Mittwoch, den 4. März

Das passierte in den letzten Jahren immer öfter: dass mich die Arbeit bis in die tiefe Nacht verfolgte, das hieß, ich träumte die halbe Nacht absonderliches Zeugs von Manni Kemmann und Olaf Hansen, der schnellen Eva und der toten Doreen. Tomsen wollte mir ans Leder, und Mahlzan schlug mir pausenlos auf die immer gleiche Stelle auf der rechten Schulter, bis sie schmerzte.

Ich weiß nicht, ob das anderen auch so ergeht, aber für uns Journalisten ist das fast Normalität, eine Art Berufskrankheit.

Schweißgebadet wachte ich viel zu früh auf. Durch das Balkonfenster meiner kleinen Dachgeschosswohnung in der Mühlengrube Nummer 3 drang spärliches Morgengrauen.

Das konnte aber auch täuschen. War der Morgen wolken- und regenverhangen wie so oft hier oben an der Küste, dann verwechselte man im Halbschlaf schnell das ewige tiefe Grau mit der Dunkelheit der Nacht.

Für solche halben Sachen hatte ich einen Wecker, und der zeigte auf kurz vor sieben. Zeit zum Aufstehen, genügend Zeit für ein intensives Studium des druckfrischen OSTSEE-BLICK und noch mehr Zeit zum Nachdenken, wie der heutige Tag zu einer guten Story kommen würde.

Das A und O des Reporters ist die Menschenkenntnis. Sein Geschick wird bestimmt durch die Kunst der Verstellung. Er braucht Informationen, oftmals solche, die man ihm nicht allzu gern geben will.

Empfand sein Gegenüber erst einmal ein Gefühl der Überlegenheit, hatte der geschickte Reporter so gut wie gewonnen. So schnell konnte kein Mensch der Welt den Schalter eines Gespräches umlegen, wie ein erfahrener Reporter seine Substanz aus Gesagtem oder Nichtgesagtem gezogen beziehungs-

weise den Schnitt im Kopf für den optimalen O-Ton vollzogen hatte.

Das Schreiben an sich machte dann nur noch den feinen Unterschied. Für Stil und Technik waren schlichtes Handwerk und, wenn es wirklich sehr gut laufen sollte, ein bisschen Talent vonnöten. Mehr brauchte es nicht. Jeder, der einen Stift führen konnte, eine Schreibmaschine oder einen Computer beherrschte und in der Lage war, einen Satz zu formulieren, konnte für die Tageszeitung einen Artikel oder für den Fernsehbeitrag seinen Off-Text schreiben. So simpel erschien mir manchmal mein Leben.

Doch bereits in meinem Alter mit Mitte dreißig fing es an: Kaum etabliert, musste man nachlegen, einfach immer ein bisschen schneller als die anderen sein, ein bisschen mutiger, fieser, aggressiver. Der Druck durch die jungen Wilden, die Upstarts, die einem das Terrain streitig machten, wuchs von Monat zu Monat, dann von Woche zu Woche. Die eigenen Mittel wurden vager, der Stil glatter, die Absichten kälter.

Der Schlaf war dann kein gerechter mehr, die Kemmanns oder Mahlzans dieser Welt drangen in die Träume ein und machten damit das Leben zum Alptraum.

Die Villa der Familie Möller stand auf Poel, der kleinen Insel, keine fünfzehn Kilometer nördlich von Wismar gelegen. S. K. Möller hatte sich hier mit seiner attraktiven Frau Christine und ihrer vierjährigen Tochter Nele vor drei Jahren im kleinen Ort Am Schwarzen Busch niedergelassen.

Auf der Insel Poel bauten die Leute, die für Sylt, Binz oder auch Ahrenshoop nicht das nötige Kleingeld hatten und dennoch die Exklusivität suchten. Hier waren in der letzten Dekade teure Reetdachhäuser und schönste Sommervillen für betuchte Großstädter oder erfolgreiche Mecklenburger entstanden, die einfach dabei sein wollten. Polizeipsychologe Möller gehörte samt Familie zu den Letzteren.

Und doch war er beim Hauserwerb cleverer als die vielen Neureichen, Möchtegernreichen oder all die anderen Empor-

kömmlinge gewesen, die zu schnell oder zu teuer gebaut hatten. Die Möllers hatten sich ihr Anwesen aus einem reichen Pool der Zwangsversteigerungen von Inselimmobilien gefischt, die am Amtsgericht Wismar mittlerweile zum traurigen Alltag gehörten. Das Resultat konnte sich sehen lassen: eine Viertelmillionenvilla für weniger als die Hälfte.

»Drei Morde in drei Monaten. Und niemand weiß, wie es weitergehen wird. Wir müssen schleunigst reagieren, es herrscht dringender Handlungsbedarf.«

In seinem geschmackvollen Arbeitszimmer saßen wir uns gegenüber, er hinter einem mittelgroßen Berg von Akten referierend, ich mit Stift und Block wie sein Sekretär andächtig vor seinem massiven Schreibtisch.

Dr. S. K. Möller war mit dem alten Mahlzan und den jeweiligen Ehefrauen im selben Reitclub, das verpflichtete natürlich, und die Pflichten beruhten auf Gegenseitigkeit. Der Unterschied zwischen den beiden mächtigen Ms war eigentlich nur, dass Möller schon allein des Images wegen gern ritt und Mahlzan viel lieber beim örtlichen Fußballverein das Zepter des Präsidenten schwang.

Übrigens stehe das Kürzel S. K. für Seelenklempner, erzählte man sich in der Redaktion – ein Treppenwitz, mehr nicht.

Sönke Knut Möller war ein smarter jung gebliebener Mittfünfziger, sportlicher Typ, volles schwarzes Haar, Sommer wie Winter gesunder Teint, einer, der stets das Beste aus seinen Möglichkeiten gemacht hatte, privat wie beruflich.

Mahlzan und Möller waren Schulfreunde, beide machten sie die Bänke des humanistischen Städtischen Geschwister-Scholl-Gymnasiums unsicher, bevor S. K. am Ende das weit bessere Abiturzeugnis in der Tasche gehabt habe, wie der Chef gelegentlich ehrlich anerkennend versicherte.

Und obwohl sie nunmehr in Wismar in ihren Funktionen auf sehr verschiedenen gesellschaftlichen Seiten standen, brauchten sie einander in schöner Regelmäßigkeit. Der BLICK wollte eine Fortsetzung der Story, am besten schon am nächsten Morgen, und die Polizei benutzte unsere Lokalzeitung,

um den Täter durch gezielte Informationen indirekt anzusprechen.

»Schlag aufs Schilf, und du scheuchst die Schlange auf!«, kommentierte ich die Vorgehensweise.

S. K. schaute mich kurz forschend an, fragte dann aber nur: »Schreiben Sie mit, Herr Strauß?«

»Klar. Los geht's.«

»Es handelt sich in meinen Augen um einen Mann mittleren Alters, so etwa zwischen vierzig und fünfundfünfzig. Das ist nur eine Schätzung, genauer lässt sich das zum jetzigen Zeitpunkt noch nicht sagen. Ein Triebtäter, der in der letzten Zeit seinen Trieb nicht ausleben konnte. Denn er ermordet die Mädchen, missbraucht sie aber nicht. Wahrscheinlich kann er nicht mit ihnen verkehren, oder er will es aus irgendeinem Grunde nicht.«

Bis hierhin klang alles plausibel und nahe liegend.

»Pervers und impotent!«, fügte ich mit Kennermiene hinzu.

Möller ging nicht darauf ein.

»Ich glaube, er hat oder hatte einmal eine große Anziehung auf das weibliche Geschlecht. Ein Schwerenöter, könnte man altbacken formulieren, der aus einem uns bislang unbekannten Motiv zum Serienmörder wird.«

»Wurde!«, verbesserte ich.

Dieses Mal schaute mich S. K. stirnrunzelnd an.

»Die Serie ist nicht beendet«, fügte er wissend hinzu. »Wir müssen davon ausgehen, dass der Täter sich schon bald das nächste Opfer sucht. Es ist für ihn wie eine Sucht, wie ein Blutrausch, etwas, das er trotz seiner offensichtlich akribischen Planung im Grunde gar nicht mehr kontrollieren kann.«

Das klingt nach viel Arbeit, dachte ich und sah die Fortsetzung meines Tagebuches eines Mörders schon vor meinem inneren Auge.

»Sie haben da wirklich ein gutes Näschen bewiesen mit Ihrem ersten Artikel zum Tathergang. Meinen Respekt, Herr Strauß.«

Und das aus berufenem Munde, ich fühlte mich geschmeichelt.

»Ihre etwas spekulativen Gedankengänge könnten der wahren Intention des Mörders relativ nahekommen. So wie er die Mädchen inspiziert und verfolgt, so wie er sie gnadenlos brutal verstümmelt, das lässt Rückschlüsse zu auf ein äußerst seltenes pervertiertes Bedürfnis und auch auf seinen schier unstillbaren Hunger. Das ist vergleichbar mit einem Alkoholiker, der keinen Schnaps mehr kriegt und keinen anderen Ausweg weiß, als zum Brennspiritus zu greifen. So oder ähnlich müssen Sie sich das bei einem Psychokiller vorstellen. Es geht bei unserem Jack the Ripper nicht primär um die Lustbefriedigung, sondern um das Gefühl der Macht, das ihm bis zum Augenblick des ersten Messerstichs fehlt.«

»Der Ripper von Wismar«, schrieb ich begeistert in meinen Block, als sich die Tür öffnete und Christine Möller mit leisen Schritten und einem Tablett das Arbeitszimmer ihres Mannes betrat.

»Möchten Sie mit oder ohne Zucker?«

Der Tee in der Kanne dampfte.

»Kein Zucker, keine Milch«, dankte ich freundlich.

»Einfach pur. So mag ich es auch am liebsten«, flüsterte sie mit einem bezaubernden Lächeln.

Ich schluckte und verschluckte mich fast.

»Die Eroberung von Frauen ist ihm zum Zwang geworden«, fuhr der Polizeipsychologe in seinen Ausführungen ohne Pause fort, »aber die bloße Eroberung, wie Sie und ich und andere Männer sie kennen, reicht ihm nicht mehr aus, sie hinterlässt in seiner Seele eine klaffende Wunde.«

»Faszinierende Vorstellung, nicht wahr?«, fügte seine charmante Gattin hinzu.

Ob sie damit die Ausführungen ihres Mannes oder den psychischen Zustand des Mörders meinte? Ich wusste es nicht. Ich nickte nur. Mit ihrer Attraktivität konnte ich nur mehr schlecht als recht umgehen. Sie war etwa Mitte dreißig, hatte kastanienrotes Haar, eine intelligente Physiognomie und eine sehr erotische Ausstrahlung, vielleicht einen Hauch zu sexy für die Mutter eines vierjährigen Mädchens.

»Die Wunde schreit nach Vergeltung. Eine Vergeltung, die nie gänzlich befriedigt werden kann, sodass der Kreislauf aus Eroberung, Wunde und Rache zu einem ihn gänzlich beherrschenden Ritual wird.«

Was ein Psychologe alles aus ein paar diffusen Kampfspuren und unzähligen Messerstichen herleiten kann – ich war beeindruckt.

Möller war dafür bekannt, in die Seelen der Verbrecher und Psychopathen zu kriechen. Darin war er Experte, angesehen in Fachkreisen weit über die Grenzen Wismars hinaus.

»Habt ihr noch Wünsche, die ich erfüllen könnte?«, fragte seine Christine.

»Danke, mein Liebling. Ich glaube, wir sind glücklich.«

Seine Frau schaute noch einmal lächelnd herüber und verließ uns genauso leise und stilvoll, wie sie vorhin eingetreten war. Die Tür schloss sich hinter ihr. Für eine viel zu kurze Zeit hing ein Duft im Raum, der mich zum Träumen brachte.

S. K. Möller räusperte sich. Was blieb, war eine Lücke zwischen meinen Gedanken und natürlich der Tee, der in den Tassen auf dem Tisch zwischen Möller und mir einladend dampfte.

»Ein Mann mit komplett gespaltener Persönlichkeit.« Der Psychologe war in seinem Element. »Im Alltag ist er eher unauffällig, geht diszipliniert seiner Arbeit nach, wirkt zufrieden, ja vielleicht sogar glücklich mit sich und der Welt. Schaut man aber genauer hin, merkt man deutlich, dass dieses Glück nur eine gekünstelte Fassade ist. Er ist ein prächtiger Blender und versteht sich perfekt darzustellen. Mehr nicht, aber auch nicht weniger.«

Nach einer kurzen, mit Bedacht gewählten Pause setzte er hinzu: »Für uns stellt sich jetzt die Aufgabe, die Spaltung zwischen seinem äußeren und seinem inneren Ich zu erkennen und zu unterwandern. Äußerlich charismatisch und anpassungsfähig. Und auf der anderen Seite seiner Seele paranoid und beherrscht durch starke negative Emotionen.«

Das Wir-Gefühl, das Möller sehr gezielt betonte, holte mich aus der Tagträumerei von Christine, fünfunddreißig, schlank, schön, ein Kind, zurück in die Realität meiner Reporterfunktion.

Mir klebte die Zunge am Gaumen, ich nahm einen Schluck Tee.

»Wir müssen ihn provozieren und aus seiner Deckung locken. Richtig?«

»Richtig, Herr Strauß. Und hier kommt Gregor ... Ähh ... also Herr Mahlzan ins Spiel, der sich in diesem Fall für Sie starkgemacht hat. Es ist aber auch im behördlichen Interesse. Ab heute arbeiten wir für eine geraume Zeit zusammen, ich meine damit den OSTSEE-BLICK und die Polizei. Und zwar so lange, bis der Täter einen entscheidenden Fehler macht oder ...«

Er stockte und überlegte gewissenhaft, ob er das Folgende sagen oder es lieber lassen sollte. Lächelnd entschied er sich, es auszusprechen: »... oder sich freiwillig meldet.«

Ich verstand ihn nicht. Noch nicht. Aber eines wusste ich mit Sicherheit: Aus meinen Aufzeichnungen ließ sich eine Menge stricken, die Story nahm zügig Fahrt auf.

Ich verabschiedete mich beim Dr. Möller, bestellte etwas ungeschickt die schönsten Grüße an die entzückende Gemahlin und saß eine Minute später neben Franz Pickrot im Pickup, der vor der Villa der Möllers Am Schwarzen Busch auf Poel geduldig gewartet hatte.

Pike schmökerte in einem Pornoheft, warf das Blatt auf die Rückbank, startete durch und wollte nichts wissen. Ihn interessierten nur gute Motive, erklärte er kurz und bündig, nicht das Geschwätz von so einem Psychoheini. Er war Reporter so wie ich. Während ich pro Zeile bezahlt wurde, machte er sein Honorar ausschließlich mit Fotos. Das war der einzige Unterschied.

Also schwiegen wir uns auf der Rückfahrt an und hingen jeder für sich unseren eigenen Gedanken nach. Ich hatte das ungute Gefühl, dass mir eine lange arbeitsreiche Nacht bevorstand.

Der Weg von der Insel zum Festland führte immer wieder durch eine der reizvollsten Naturkulissen der Region: Pikes Pick-up rollte auf einem schmalen Damm über einen dünnen Meeresarm der Ostsee, den Breitling, der mit seinem Schwemmland und seinen Prielen ein einzigartiges Refugium für Wasservögel und anderes dort nistendes Federvieh bot. Links und rechts von uns war die See auf einer Breite bis zu einem Kilometer wahrscheinlich nicht tiefer als einen Meter.

Wer vor über zweihundert Jahren auf die Insel wollte – als es noch keinen Damm gab – und kein Boot oder Geld hatte, der musste hier mitten durch den Breitling waten. Und wenn die Bauern heute ihre Schafe und manchmal sogar Pferde zum Grasen auf die sich aus dem Wasser erhebenden Salzwiesen führten, konnte man im Gegenlicht der tief stehenden Sonne denken, die Gäule stünden unmittelbar auf dem Meer.

So geriet man mit dem Blick auf den Breitling und seine unberührte Natur schnell ins Träumen. Das galt für die knappe Freizeit, die ich gern in dieser Gegend verbrachte, aber auch den verdienten Jahresurlaub, den mittlerweile viele Menschen aus der ganzen Republik mit Vorliebe auf Poel verlebten.

Aber Pike und ich waren im Einsatz. Da hatte man leider nur wenig Sinn für die Reize der Landschaft und die Schönheiten der Heimat. Denn Heimat war es für uns beide. Pike stammte vom Darß. Und ich war zwar ein geborener Hamburger Jung, hatte den letzten Teil meiner Jugend aber im Seebad Boltenhagen verbracht, einen Steinwurf von Wismar entfernt. Meine Mutter wollte nach der Wende unbedingt sofort ans Meer nach Mecklenburg-Vorpommern ziehen, eine weise Entscheidung, wir hatten das beide nie bereut.

Erst zehn Jahre später und nach einem abgebrochenem Studium in Rostock hatte ich dann beim OSTSEE-BLICK angeheuert. Der BLICK war zu meiner neuen Heimat geworden. Doch auch Heimat kann vom Traum schnell zum Alptraum werden.

In der Verlagskantine saß ein frustrierter Raimund Tomsen über einem dicken Erbseneintopf mit Bockwurst und Apfelschorle. Er stocherte eher lustlos in seinem dampfenden Erbsenbrei herum. Ich leistete ihm mit einer Cola Gesellschaft.

»Wir hätten da eine Kleinigkeit zu klären!«, begann er durchaus kollegial gestimmt. »Die Karten sind neu gemischt, das muss ich akzeptieren. Ich möchte aber nicht, dass wir zukünftig nebeneinander herarbeiten, geschweige denn uns als Konkurrenten in die Parade fahren.«

»Ganz meine Meinung.« Ich war froh, dass er die Niederlage sportlich nahm.

»Ich bin kein Freund deiner Phantastereien. Aber wie immer heiligt die Auflage die Mittel.«

Darauf meinen Segen.

»Du bist ein aufstrebender Reporter mit Biss und Leidenschaft. Du stehst für die Zukunft des BLICK. In jedem Journalistenleben geht es aber auf und ab. Das passiert zyklisch und funktioniert wie ein Naturgesetz.«

Der Ältere wollte dem Jüngeren anscheinend zeigen, wo der Hammer hängt. Sollte er, ich hielt mich bedeckt.

»Schreib du nur weiter an deinem Tagebuch eines Mörders, meinetwegen bis zum bitteren Ende. Aber halt mich über den Stand der Dinge auf dem Laufenden.«

»Welchen Stand der Dinge?«

Ich stellte mich ahnungslos.

»Ich meine den Stand der Ermittlungen. Du arbeitest ab heute im Auftrag von Malle mit den Polizeiorganen zusammen. Und ich möchte, während ich im Archiv Akten entstaube, nicht das Geringste vom Geschehen an der Kriegsfront versäumen. Verstanden?«

Etwas übertrieben pathetisch setzte er hinzu: »Das bist du mir schuldig.«

»Warum?«

Ehrlich, ich war mir keiner Schuld bewusst.

»Wenn man sich so rasant wie du auf dem Weg nach oben

befindet, vergisst man schnell, woher man kommt und wem man was zu verdanken hat.«

Tomsen sprach in Rätseln. Zugegeben, er war über Jahre die Nummer eins im Stall, und ich hatte mir sicher das eine oder andere von ihm abgeguckt. Aber daraus irgendwelche Ansprüche abzuleiten, das schien mir übertrieben.

»Tomsen! Du bist der Beste beim BLICK. Und ich werde nie vergessen, wie du mir damals die Modenschau in Heringsdorf vermittelt hast. Die Story war der Durchbruch für mich.«

Ich versuchte es mit der schmeichlerischen Tour.

Tomsen nickte, er hatte das Gedächtnis eines Elefanten.

Das Ganze ist mittlerweile fast zehn Jahre her. Was er jedoch geflissentlich unterschlug, war, dass er selber unter keinen Umständen dorthin gewollt hatte.

Zweimal im Jahr war damals die Modewelt zu Gast in Heringsdorf gewesen. Zweimal im Jahr hieß es »Usedom Wants Fashion«. Jedes Mal handelte es sich um denselben langweiligen Laufsteg mit den gleichen nichtssagenden Fummeln von denselben hauptsächlich norddeutschen Möchtegern-Designern.

Kein Reporter des Landes wollte zur fünften Auflage der Veranstaltung freiwillig dorthin, es sei denn, er gierte nach einer der vielen pommerschen Jungfrauen, die hier aus Vor- oder Hinterpommern zusammenkamen und von denen jede ihren Traum von einer steilen Karriere träumte.

»Ja, das war damals gute Arbeit, Norbert!« Tomsen nickte noch einmal anerkennend.

Ich hatte mich während des Fashionweekends in mehrere naive Herzen geschlichen und so an der Quelle eines für die hiesigen Verhältnisse echten Skandals gesessen.

Denn der Herr Veranstalter hatte schon im Vorspiel regelmäßig minderjährige Mädchen flachgelegt, seine Bedingung für ihren großen Auftritt beim wichtigsten Usedomer Society-Event.

Eine Vierzehnjährige packte erst vor mir und dann auch vor dem Richter aus und bugsierte damit den Heringsdorfer

Big Boss wegen wiederholter Verführung Minderjähriger und schwerer Vernachlässigung seiner Fürsorgepflicht für ein Jahr in den Knast nach Rostock, ohne Chance auf Bewährung.

Wenn mir meine Erinnerung keinen Streich spielte, hieß die Vierzehnjährige ulkigerweise Claudia Klump. Sie machte später eine bescheidene Modelkarriere in norddeutschen Landen. Mit der Erlaubnis ihrer Eltern gab sie mir als einzigem Reporter ein Interview, das damals eins zu eins auf Seite eins im BLICK gedruckt wurde.

»Okay, Tomsen. Ich liefere dir alle Infos, die ich kriegen kann, und du hältst mir dafür in Zukunft beim Chef den Rücken frei.«

Eine Hand wusch die andere, so war es, und so würde es immer sein im Haifischbecken Medienwelt.

»Abgemacht, Norbert. Und nenn mich ruhig Raimund.«

Wie stießen stilecht mit Cola und Apfelschorle an und beschlossen flachsend den ersten inoffiziellen Friedenspakt im OSTSEE-BLICK.

Und dann tauchte der Möwenkopf-Mann auf. Nicht dass er sofort so komisch hieß, den Namen bekam er erst im Laufe des Tages. Pike hatte sich die Fotos von der Bademutterstraße noch einmal buchstäblich unter die Lupe genommen. Mehrere seiner Schnappschüsse, die er in der Menge der Schaulustigen um den Tatort herum gemacht hatte, zeigten immer wieder einen Typen, der uns fremd war und irgendwie komisch aussah.

Uns beiden war er vor Ort gar nicht aufgefallen. Doch hatte er sich wie von Geisterhand in schöner Regelmäßigkeit vor die Linse gedrängt. Ob gezielt oder zufällig, das hätte er uns nur selbst verraten können.

Pike ging dann logisch vor und verglich die Fotos vom letzten Tatort mit den Motiven vom Leichenfund an der Nikolaikirche und denen am alten Speicher. Und tatsächlich tauchte neben diversen unterschiedlichen Gesichtern nur dieser eine uns unbekannte Mann immer wieder um alle drei Leichen herum auf.

Die Form seines Schädels war überaus bemerkenswert: Das Gesicht schmal, fast aerodynamisch geformt, das faserige graue Haar dünn wie zerzaustes Gefieder, und mit seiner schnabelähnlichen Hakennase glich der Kopf dieses Mannes auffallend dem einer Möwe. Sein Alter war ganz schwer zu schätzen, irgendwo zwischen dreißig und fünfzig, ein Mann, zu früh ergraut, eine vage Einschätzung, die der Wahrheit jedoch vielleicht am nächsten kam.

Zudem vollständig in Grau gekleidet, schien er für den Betrachter unauffällig wirken zu wollen, wurde jedoch auf den Vergrößerungen der Fotos, die Pike im Computer erstellt hatte, umso unverkennbarer und extravaganter.

Die schnelle Eva kam vorbeigeschlendert, beugte sich über den Schreibtisch, zeigte auf den Bildschirm und lachte.

»Der Mann sieht ja lustig aus, wie eine Sturmmöwe!«

Da hatte er seinen Namen weg.

»Der Möwenkopf-Mann!«, raunzte Mahlzan.

Und Pike entgegnete: »Der große Unbekannte im Rätsel von Wismar.«

»Mach mal Abzüge!«, forderte der Chef sogleich, »und dann ab damit zur Polizei. Vielleicht können die mit der merkwürdigen Visage etwas anfangen.«

Pike tat wie befohlen, machte aber keine Abzüge, sondern Ausdrucke.

Kriminalassistent Kubsch nahm die Bilder entgegen und bedankte sich vorweg im Namen von Hansen und der gesamten Kommandantur. Die Wismarer Polizeidienststelle an der Südseite vom Marktplatz, gleich gegenüber von Rathaus und Bürgerschaft, verdankte ihre etwas ausgefallene militärische Bezeichnung der seit Mitte des 17. Jahrhunderts bis Anfang des 19. Jahrhunderts einhundertfünfzig Jahre währenden schwedischen Besatzung. Doch dazu lieber später etwas mehr.

Bis jetzt hatte es aus besagter Kommandantur keine Reaktion gegeben, geschweige denn eine Identifikation vom Möwenkopf-Mann. Ein Grund mehr, den komischen Namen vorerst beizubehalten.

Nach meinem kleinen Plausch mit Raimund hatte es ein wenig gedauert, bis auch ich den ominösen Geist begutachten durfte. Irgendwoher war er mir bekannt, doch konnte ich das extrem windschnittige Gesicht noch nicht einordnen. Das Grau war wirklich keine Tarnung und wirkte aufgesetzt, fast wie eine Uniform oder Arbeitskleidung. Aber Gespenst war ja wohl noch kein anerkannter Beruf. Und doch konnte man seine Erscheinung in diversen Situationen und unterschiedlichsten Positionen rund um die Sicherung der Mordopfer fast nicht anders definieren. Niemand hatte ihn gesehen, keiner kannte ihn, und doch war er zumindest auf den Bildern fast überall zugegen. Ein Mysterium!

***

Wenn man nicht weiterwusste, ging man zu Willi vom Eis-Moor. Der Imbiss am Stahlhaus war seit über drei Jahrzehnten eine Institution und hatte alle gesellschaftliche Umwälzungen oder Wirtschaftskrisen wider Erwarten überlebt. Willi stand Tag und Nacht hinter seinem weißen Sperrholztresen mitten in der teuren Geschäfts- und Fußgängerzone der Altstadt und versorgte Jung und Alt, Reich und Arm, Dumm und Klug unter freiem Himmel mit Eis, Wurst und Bier.

In einer Küstenstadt, in der unangefochten der Fisch regierte, musste Wurst-Willi, nur die Kinder nannten ihn Eis-Willi, über eine Art von Ware verfügen, die auf keinem Kutter zu haben war. Das Eis-Moor funktionierte wie seine Dunstabzugshaube, es sog menschliche Ausdünstungen wie Tratsch, Gerüchte oder Verleumdungen in sich hinein und verbreitete sie umgehend über die gesamte Innenstadt.

Fischer waren eher verschlossene Leute, das Eis-Moor war offen wie ein Scheunentor und verbreitete alles, egal wie gemein oder wie gering der Wahrheitsgehalt war. Dazu gehörten aber nicht nur sein Besitzer, sondern auch die Stammkunden, die ihn zu jeder Tageszeit belagerten.

»Moin, Willi.«

»Moin, Norbert. Allns paletti?«
»Muss ja.«
»Wat willste?«
»Wurst, schön scharf, und 'n Brötchen.«
»Kriegste.«

Neben mir hielt sich einer wohl schon seit einigen Stunden am Stehtisch fest und glotzte neugierig herüber.

»Moin!«, lallte er, wenn diese nördlichste aller Begrüßungsfloskeln überhaupt gelallt werden konnte.

»Moin!«, erwiderte ich freundlich.

Sofort schauten auch andere Kunden interessiert herüber. So begannen die meisten hitzigen Debatten bei Willi vom Eis-Moor. Ich wollte aber keine ungebetenen Zuhörer und schwieg erst einmal.

Willi zerkleinerte mit flinkem Messer eine Bratwurst und ertränkte sie in dunkelrotem Gewürzketchup, seine selbst angerührte Komposition. Keine war schärfer als die Soße bei Willi.

Seit zwölf Jahren war der Exjunior jetzt Imbisschef des Eis-Moor. Ein Familienbetrieb in dritter Generation: Willi, hieß es, war auch der Rufname vom Opa und dann vom Vater gewesen.

Der jetzige Wurst-Willi III. war etwa Anfang vierzig, hatte einen braunen Prinz-Eisenherz-Haarschnitt, ein vorstehendes Pferdegebiss und eigentlich eine extrem feuchte Aussprache. Nur in der Wurstzubereitungsphase war er zum Glück etwas mundfaul.

Er schob mir den gefüllten Plastikteller herüber und fragte:

»Noch wat, Norbert?«

Ich holte ein paar geknickte Fotoausdrucke aus der Innentasche meiner Lederjacke, faltete sie auf dem Tresen auseinander und schob sie ihm hinüber.

»Kennst du den?«

Willi guckte und guckte noch mal und rieb sich die Augen und guckte dann noch mal genauer.

»Ich kenn jeden.«

»Eben, Willi, deshalb frag ich dich.«

Der, der sich an der Tischplatte festhielt, stierte von der Seite auf die Fotos und rülpste. Der fiese Bierdunst verzog sich rasch, ein Glück, dass man bei Willi im Freien stand.

»Seinen Namen weiß ich nicht.«

»Ich auch nicht«, ergänzte mein Nachbar.

Das kam einer persönlichen Niederlage gleich. Willi war das wandelnde Telefonbuch Wismars. Er wandte sich ab und auch der andere wieder seinem Bier zu.

»Guck noch mal! Bitte, Willi, tu mir den Gefallen.«

»Brauch ich nicht, die schmale Rübe vergisst man nicht.«

Bei dem Doppel-s zischte zum ersten Mal eine feuchte Fontäne quer über den Tresen und mitten auf meine Jacke. Ich guckte auf meine Wurst und ließ es mir nicht anmerken.

»Na und?«

»Das ist der Totengräber von Kirchdorf.«

»Wer?«, entfuhr es mir wie aus der Pistole geschossen.

Willis Stammkunden reckten die Hälse.

»Drüben auf Poel. Vielleicht auch Friedhofsverwalter oder beides, das weiß keiner so genau. Einen Namen hat er nicht. Ein unheimlicher Kerl. Läuft immer rum mit eng anliegenden Ohren, sieht aus wie ‘n fliegender Zombie. Lebt auf ‘m Friedhof in Kirchdorf. Kommt immer nur raus für Beerdigungen oder zum Toteabholen.«

Willi hatte seine Aufwärmphase hinter sich, er plapperte und zischte wie ein Wasserfall. Aber glauben konnte ich das, was er so bildhaft erzählte, nur mit Mühe. Einen Menschen ohne Namen oder einen fliegenden Zombie, das gab es nicht oder … zumindest nicht mehr.

Der Willi schien in seinem Element. Schauermärchen gehörten gern und oft zu seinem Repertoire. Das war für ihn wie Eisverkaufen.

Die Kinder schleckten vor seinem Imbiss um die Wette, und Willi erdachte für sie in einem fort Gruselgeschichten. Ihr Taschengeld, hieß es, solle umsatzmäßig fast so viel einbringen wie Wurst und Bier der erwachsenen Klientel.

Willi sah meinen ungläubigen Blick.

»Wenn du das nicht glauben tust, Norbert, dann eben nicht.«

Nicht dass er beleidigt war, es kümmerte ihn nur nicht. Dafür gab es genug Geschichten und am Eis-Moor reichlich dankbare Abnehmer. Willi hatte es nicht nötig zu überzeugen, und deshalb schien mir das Ganze nicht mehr völlig abwegig.

Gedankenverloren aß ich meine Wurst, etwas von der scharfen Soße tropfte dabei ungewollt auf meine Wildlederjacke.

Der Möwenkopf-Mann ein Totengräber! Das würde die betont graue Einheitskluft erklären und vielleicht sogar seine Anwesenheit bei den Leichenfunden. Andererseits ...

Willi unterbrach meine Spekulationen, sein Pferdegebiss zermalmte die folgende Worte:

»Das ist der Herr über die Gräber auf dem Seemannsfriedhof in Kirchdorf. An der Vogelscheuche kommt niemand vorbei. Mit dem scharfen Auge einer Raubmöwe passt er auf, dass keine Fremden oder Spinner auf seinem Friedhof landen.«

»Aber warum?«, fragte einer aus der Zuhörerschaft, die sich wie in einem Halbkreis schon seit geraumer Zeit hinter mir formiert hatte.

»Das hat mit der begrenzten Kapazität des Erdreichs zu tun«, fing Willi mit feuchter Aussprache an zu erklären.

»Der Platz hat seit dem Mittelalter Tradition und einen guten Ruf zu verteidigen. Und ist schlicht überfüllt. Da sollen nur noch Einheimische zur letzten Ruhe kommen, damit das nicht so ein Schickimicki-Friedhof wie der Père Lachaise in Paris wird, wo die Touristen ein und aus gehen oder Jugendliche ihre okkulten Gruftipartys feiern.«

Ich dachte nur: Jim Morrison! ... Ich konnte Wurst-Willis Tempo kaum folgen.

»Da kostet das Dauergrab fast zehntausend Euro, Grabstein nicht inbegriffen. Nun gut, zugegeben, Kirchdorf spielt in einer anderen Liga, aber das Prinzip ist das gleiche. Der Totengräber, heißt es, hat sich das zur Lebensaufgabe gemacht. Deshalb schaut er immer schon im Vorhinein genau drauf, wer wo warum stirbt, und sondiert die Toten, bevor sie zu ihm in die Leichenhalle gebracht werden. Geld ist eben nicht alles.«

Willis Stammkunden lauschten gebannt, nippten an ihren Bierflaschen und klebten an seinen Lippen.

Ein kleines Mädchen drängte sich durch die Menge, legte einen Euro in mehreren Centstücken klimpernd neben mir auf den Sperrholztresen und bestellte mit großen Augen noch ein Kirsch-Bananen-Eis.

4

Donnerstag, den 5. März

Die bis an die Zähne bewaffneten Männer vom Sondereinsatzkommando aus Schwerin warteten nur auf ein Zeichen von Hansen. Der stand mit Kubsch zusammen auf der Holzbank auf dem Schlosswall am kleinen Poeler Fischerhafen und schaute wie ein Generalfeldmarschall in den dunklen Friedhof von Kirchdorf hinein. Eine steife Brise von Achtern ließ seine Segelohren noch ein wenig größer erscheinen.

Es war acht Uhr morgens, aber fast noch so düster wie in der Nacht. Von Wall und Steinmauer umgeben stand mitten auf dem Friedhof eine romanisch-gotische Kirche, das älteste Bauwerk auf Poel, das dem Inselhauptort zu seinem Namen verhalf.

Irgendwo hier zwischen Gotteshaus, Gräbern und Gedenksteinen vermutete die Polizei den Möwenkopf-Mann.

Hansen wollte schnell reagieren. Ein und derselbe Unbekannte an allen drei Tatorten, das war zumindest so etwas wie eine erste heiße Spur. Der Polizeicomputer hatte zwar keine Informationen und auch kein Foto von dem unsichtbaren aerodynamischen Totengräber gespeichert, doch in diesem Fall war ausnahmsweise das ganz große Aufgebot angebracht. Die Mordserie musste auf Teufel komm raus ihr Ende finden, koste es, was es wolle.

Hansen schnippte dreimal mit den Fingern in die Luft, das verabredete Zeichen zur Erstürmung des Friedhofs.

Ein Dutzend Kämpfer der landeseigenen Eliteeinheit »Roter Erwin« sprang hinter Büschen und Mauerwerk hervor. Sie rollten mit ihrer AK-47 im Anschlag den Burgwall hinunter und umstellten das Kirchenhaus, ein Auge stets nervös suchend im Fadenkreuz.

Hansen und Kubsch in schusssicheren Westen und mit

Kleinkaliber in den Fäusten folgten dem SEK auf den Friedhof. Pickrot und ich nahmen dankend unsere Beobachterplätze auf der Parkbank ein.

Journalistisch gesehen war der SEK-Einsatz ein gefundenes Fressen, Pike probierte sein neues Teleobjektiv aus, und ich bastelte gedanklich schon an der neuen Schlagzeile. Hansen war gestern Abend gar nichts anderes übrig geblieben, als uns beide zum heutigen Zugriff offiziell einzuladen. Schließlich hatte Pike die Fotos gemacht und ich den Aufenthaltsort recherchiert.

Unten blieb erst einmal alles ruhig. Oben hüpften ein paar Krähen in dem Geäst kahler Bäume. Sie beäugten neugierig wie wir die Szenerie zu ebener Erde.

Die Kirche schien offen und verwaist, die Schweriner Polizisten gingen hinein und kamen nur Sekunden später genauso schlau wieder heraus. Die Männer schlichen jetzt um Grabsteine und Gedenkstatuen, immer den Finger am Abzug.

Ich hielt das für sehr übertrieben, schließlich hatte der Möwenkopf-Mann auf unseren Fotos allerhöchstens einen unheimlichen, aber keinen wild um sich schießenden Eindruck hinterlassen.

Urplötzlich hallte das ohrenbetäubende Rattern einer Gewehrsalve durch den friedlichen Friedhof und riss Pike und mich brutal aus unserer Kontemplation. Ein SEK-Mann hatte offensichtlich die Nerven verloren und einmal quer durch das blattlose Geäst eines Baumes geballert.

Ein fetter Kolkrabe plumpste aus erheblicher Höhe dumpf zu Boden. Tot. Das war total überflüssig. Die restlichen Vögel flogen erschreckt gen Möwenhügel, mit satten fünfundzwanzig Metern über dem Meeresspiegel die höchste Erhebung der Insel Poel, gleich hinter Kirchdorf gelegen – vielleicht um Verstärkung zu holen.

Glücklicherweise legte sich aber schnell wieder eine Grabesstille über die Toten der Insel.

Vier von den mit Tarnfarbe bemalten Gesichtern der Elitekameraden umstellten jetzt eine Art Steinplatte neben einem riesigen Marmor-Neptun beziehungsweise Poseidon, der wohl die Seelen der verstorbenen Fischer schützen sollte.

Die massive Platte war mindestens zwei Meter lang und breit. Später sahen wir ihre Inschrift: »Gewidmet Den Ertrunkenen Vätern Und Söhnen Der Insel Zu Poel Und Ihrer Schwedischen Schutzmacht Der Seestadt Zu Wismar – Anno Domini 1805«.

Es geschah während des berüchtigten Dreißigjährigen Krieges: Die Hansestadt Wismar wurde durch schwedische Truppen besetzt. In der Folge gehörten die Stadt und die Insel Poel von 1648 bis 1803 fest zum schwedischen Königreich. In dieser Zeitspanne wurden Wismar und seine Hafenanlagen zu einer der größten Seefestungen Nordeuropas ausgebaut. Doch aufgrund des Reichtums hörten die Kriegswirren nicht auf. Belagerungen, Brände, Plünderungen sollen damals wohl fast an der Tagesordnung gewesen sein. Abwechselnd versuchten Dänen und Schweden, die strategisch günstig gelegene Hansestadt an sich zu reißen beziehungsweise zu verteidigen. Als der schwedischen Krone die Profite, die sie aus der Besatzung schlug, nicht mehr ausreichten, verpfändete sie Wismar für ein Jahrhundert und eine Million zweihundertfünfzigtausend Hamburger Taler in bar an das Herzogtum Mecklenburg. Ein echtes Schnäppchen, wie sich später herausstellen sollte.

Nach Ablauf der Frist bekam das schwedische Königshaus die Möglichkeit, Wismar auszulösen, doch wurde den Schweden der Deal aufgrund von Zins und Zinseszins einfach zu teuer. Um das mal etwas despektierlich zu formulieren: Die letzten Regierenden des Mecklenburger Fürstengeschlechts waren raffinierte Schlitzohren und ökonomisch gesehen die pfiffigsten Pfeffersäcke, die man sich im norddeutschen Hansebund denken konnte. Denn die Summe der Rückzahlung, munkelten heute vor allem die neunmalklugen Chronisten vom Eis-Moor-Imbiss, die das gewissenhaft errechnet haben wollten, sei schnell auf eine Milliarde Goldmark exorbitant angeschwollen.

Juristisch gehörten Wismar und Poel erst danach, zu Beginn des 20. Jahrhunderts, wieder zum Deutschen Reich und zum Großherzogtum Mecklenburg – aus den oktroyierten Südschweden wurden somit wieder waschechte Mecklenburger …

Dieses gemeinsamen Teils schwedisch-deutscher Geschichte waren sich nur wenige außerhalb Wismars bewusst. Die Poeler Fischer waren ein genügsamer Menschenschlag. Doch stets um Unabhängigkeit bemüht, wussten sie zu jeder Zeit, wem sie als winzige, militärisch unterlegene Insel ihre Sicherheit und Freiheit verdankten. Die verwitterte Gedenkschrift zeugte von dieser uralten Schuld.

Hansen kannte kein Erbarmen. Die Platte musste weg. Sechs Männer drückten und schoben, sechs weitere zielten mit ihrer Kalaschnikow auf die vermutete Grube darunter.

Aus sicherer Entfernung sahen wir, wie die Einsatzkräfte tatsächlich eine Art Gruft öffneten und sich dann rasch entspannten. Kubsch winkte uns zu. Das bedeutete, wir konnten kommen, um wie verabredet exklusiv Bericht zu erstatten.

In der etwa einen Meter tiefen Gruft befand sich ein Schlafplatz mit Decken und einem Daunenbett. Ich sah ein paar gebrauchte rote Sturmkerzen, die dem Bewohner (und davor vermutlich den Seelen in den Gräbern) Licht gespendet hatten. In einer Ecke lagen Gräten und Fischreste auf dem blanken Boden.

Keine Frage: Unser Vogel war ausgeflogen. Insgesamt hinterließ seine Heimstadt einen gruseligen Eindruck. Mehr als bedenklich fand ich die Entenfedern und kleinen Knöchelchen, die verstreut herumlagen. Möwenkopf hin oder her, die eigene Art aß man einfach nicht auf.

Hansen und Kubsch knieten schon mittendrin. Der Kommissar fischte ein langes Messer hinter dem Daunenbett hervor. Sein Assistent befühlte das Kerzenwachs. Der Talg sei noch warm, befand er. Der Möwenkopf-Mann konnte nicht lange fort sein.

Man suchte noch etwa eine halbe Stunde weiter das Gelände ab, ohne Erfolg. Hansens Ohren waren puterrot, als er den

Sondereinsatz abbrach. Die zwölf Männer der Eliteeinheit »Roter Erwin« durften im Mannschaftswagen wieder zurück in die Landeshauptstadt fahren.

***

S. K. Möller meinte, dass man früher vieles zu schnell der Dementia praecox zugeordnet habe. Dazu gehörten Symptome wie Gemütsstörungen, Wahnvorstellungen und starke Halluzinationen. Die meisten von uns würden diese psychische Erkrankung unter dem Begriff »Schizophrenie« kennen. Aber das sei ein weit verbreiteter Irrtum, die Schizophrenie habe mit einer Persönlichkeitsspaltung dieser Art nicht viel zu tun.

Das Spitzenduo Hansen und Möller kreiste am alten Marktplatz in der Wismarer Kommandantur mal wieder in höheren Sphären um die Psyche des Mörders.

Der teure Einsatz am heutigen Morgen auf Poel war kritisch betrachtet ein herber Schlag ins Wasser. Vom Möwenkopf-Mann keine Spur und damit auch kein Verdächtiger an der Angel. Okay. Hansen hatte das Messer gefunden. Ein Messer. Vielleicht eines von vielen. Das war keine befriedigende Ausbeute.

Also musste mal wieder Polizeipsychologe Möller ran: die Wogen glätten und die Mannschaft auf neue Gedanken bringen. Im ersten Stock der Polizeidienststelle in Hansens Büro wärmten wir uns bei Kaffee oder Tee. Ich klimperte derweil ein bisschen auf der Tastatur des Polizeicomputers herum.

Vermutlich hänge das damit zusammen, referierte Dr. S. K. Möller, dass die meisten Akademiker den Begriff »Schizophrenie« oft wörtlich aus dem Griechischen herleiteten.

»Selbst Medizinstudenten denken heute noch häufig, dass Schizophrene in einen guten und einen bösen Charakter aufgespalten sind.«

Und während Kubsch und Pickrot Kommissar Hansen nacheiferten und den Möller'schen Ausführungen blindlings folgten, betrat ich völlig unbehelligt das virtuelle Polizeiarchiv und informierte mich wie nebenbei über die Akte Kracht, und die hatte es in sich:

Carsten Kracht, 1949 als uneheliches Kind der erst sechzehnjährigen Erna Kracht in Rheinsberg geboren, hatte seinen leiblichen Vater nie kennengelernt. Die Mutter wurde wegen wiederholten Diebstahls, in einer Fußnote stand etwas von Veranlagung zur Kleptomanie, zu einer zweijährigen Gefängnisstrafe verurteilt. In dieser Zeit lebte der zwölfjährige Carsten erst bei seinen Großeltern auf dem Bauernhof, später bei einer Tante in Brandenburg, dann bei seinem Onkel in Bautzen, der ihn nach strenger sozialistischer Norm erzog. Sein Gutes hatte das aber, der kleine Carsten lernte endlich richtig lesen und schreiben und sogar ein bisschen Russisch.

»Halluzinationen oder Wahnvorstellungen können vielmehr Symptome einer dissoziativen Identitätsstörung sein.«

Möller war Mediziner, er hatte seine Hausaufgaben gemacht. Das sprach nicht nur für seinen Ehrgeiz, sondern auch für die Komplexität des Falles.

»Wie wirkt sich das denn für unseren Täter konkret aus?«, wollte ein müder Kommissar wissen.

Kracht, stand dort schwarz auf weiß auf dem Computerbildschirm, verbrachte dann den Rest seiner Jugend in sozialistischen Erziehungsheimen und kam mit achtzehn zum ersten Mal in Haft, unter anderem wegen Diebstahls. Nach seiner Entlassung lernte er die Kellnerin Meike Jürgensen aus Schwedt kennen, die er heiratete.

»Und, Herr Strauß? Sind Sie noch auf der Höhe?«, fragte Möller plötzlich schnippisch.

»Klar. Ganz Ohr!«, antwortete ich.

Die Ehe sollte kinderlos bleiben. Durch den Job seiner Frau inspiriert, wollte Kracht unbedingt eine Kneipe eröffnen. Doch schaffte er es nur zur Anstellung als Parkwächter beim VEB Schuh- und Kartonwerke-Kombinat Schwedt. Den Aufstieg nutzte er allerdings, um die bei ihm parkenden Pappen aufzubrechen, Ersatzteile zu klauen und auf dem Schwarzmarkt zu verkaufen.

Als seine Frau vor etwas mehr als zwanzig Jahren dann die Scheidung einreichte, brach er aus dem Gefängnis aus und wollte mit einem gestohlenen Trabant die Absperranlagen der deutsch-deutschen Grenze überwinden. Er kam glücklicherweise zu spät, die Mauer in Berlin war gefallen und die anvisierte Grenze sperrangelweit offen. Carsten Kracht war verwirrt und fuhr nur bis Wismar.

»Der Täter oder der Patient, man kann es nennen, wie man will«, meinte Möller, »bildet unterschiedliche Persönlichkeiten, die abwechselnd die Kontrolle über sein Verhalten übernehmen. An das Handeln der jeweils anderen Person kann sich der Betroffene entweder gar nicht oder nur schemenhaft erinnern. Oder er erlebt es als Handeln einer ihm gänzlich fremden Person. Das ist so ähnlich wie in der berühmten Novelle vom schottischen Schriftsteller Stevenson: Dr. Jekyll verwandelte sich per Zaubertrank in Mr. Hyde. Doch wusste Jekyll so gut wie nichts über Hyde und umgekehrt auch nicht. Nur dass eine Verwandlung bei der Dissoziation auch ohne irgendeine Droge funktioniert.«

Pickrot pfiff lässig durch die Zähne, Kubsch guckte etwas zu gewollt konzentriert, ich schrieb das mit Dr. Jekyll und Mr. Hyde sofort in mein Notizbuch. Hansen tat, was er tun musste, er reagierte leicht gereizt:

»Mein lieber Sönke Knut, bringen Sie es für unseren Fall bitte auf den Punkt!«

»Der Mörder leidet wahrscheinlich unter einer sogenannten Multiplen Persönlichkeitsstörung. Das heißt, er kann mehrere voneinander unabhängig agierende Persönlichkeiten annehmen, die jede für sich Dinge plant, auslebt oder sogar reflektiert. Dinge, die völlig normal oder aber tabu sind.«

Der Rest war schnell gelesen: Kracht wurde zu einem Gewinner der Wende, indem er eine nicht unbedeutende Summe im Lotto gewann und ein neues Leben begann. Im Jahr 1992 eröffnete er die Pension in der Bademutterstraße. Sein Jugendtraum war somit doch noch in Erfüllung gegangen: Wer nichts wird, wird Wirt.

Jetzt verstand ich auch, warum der Gasthof einen solch beknackten Namen trug. Krachts Erinnerungen an seine arme Mutter und die Träume von einem besseren Leben im freien Westen verquickten sich zu »Pour La Mère«!

»Mit Tabu meinen Sie Mord?«, fragte Olaf Hansen noch einmal mit Nachdruck.

»Ja, das kann es bedeuten.«

Ich drückte auf einen Knopf am PC, und der Monitor wurde blitzschnell schwarz.

»Wie sicher sind Sie sich da?«, wollte ich wissen.

»Es spricht einiges dafür. Ein wichtiger Indikator für solch einen unter Dissoziation leidenden Serienkiller kann das wiederkehrende, typische Moment sein. Der sogenannte ... Modus Operandi!«

Das Letzte ließ er genüsslich auf der Zunge zergehen. Die Pause, die Möller mit Bedacht wählte, war auch ein typischer Moment – in diesem Fall für unseren Polizeipsychologen und seinen Hang, den Dingen stets mehr Gewicht zu verleihen, als sie eigentlich hatten.

»Mo-dus ... O-pe-ran-di!«, betonte er jede einzelne Silbe noch einmal zum Mitschreiben. Möller wartete tatsächlich so lange, bis Hansen und Kubsch im Chor ein garantiert nicht abgestimmtes »Aha!?« von sich gaben.

»Lateiner?«, fragte Möller gezielt Hansens verunsicherten Assistenten.

»Mecklenburger.«

»Auch gut ...«, federte Möller dessen Antwort ab. »Modus Operandi bedeutet nichts anderes als eine bestimmte Vorgehensweise bei der Tat oder ein besonderer Stil des Tötens oder einfach ein sehr persönliches Charakteristikum, das immer gleich bleibt und an dem wir unseren Mörder erkennen sollen. Damit ist nicht die immer gleiche Mordwaffe gemeint oder das bevorzugte Aussehen seiner Opfer, das sind alles Kinkerlitzchen. Es geht um etwas gänzlich Unverwechselbares. Wie eine eigenhändige Unterschrift, mit der ein Mörder das Opfer quasi persönlich signiert.«

»Und was könnte das sein?«, fragte Kubsch völlig ahnungslos.

»Nun ja, in der Literatur gibt es eine ganze Menge schöner Beispiele«, wollte Doktor Super-Checker gerade gewaltig ausholen, da unterbrach ihn Kommissar Hansen etwas ungehalten, aber vorausschauend: »Mensch, Sönke Knut, ich bitt Sie! Machen Sie's kurz!«

Möller guckte eingeschnappt, seufzte und begann seine Unterlagen zu sortieren.

»Schweigen der Lämmer.«

»Wie?«, fragte Kubsch.

»Kenn ich«, meinte Pike ganz trocken, »cooler Film.«

Hansen glotzte mich an, ich zuckte mit den Achseln und schrieb mit nervösem Stift in meinen Notizblock: Hannibal Lecter an der Ostsee! Dann versah ich die etwas vorschnelle Feststellung am Ende doch lieber mit einem Fragezeichen.

»Kennt jeder«, behauptete Möller steif und fest. »Und die Signatur des Serienkillers Buffalo Bill in besagtem Kriminalroman des US-amerikanischen Schriftstellers Thomas Harris *ist* …?«

Er wartete eigentlich gar nicht so lange, wie es sich für uns alle real anfühlte.

»Genau! Das Motiv der Totenkopf-Motte, die der Mörder stets im Rachen eines jeden von ihm getöteten Opfers platziert.«

Hansen dachte mit und kombinierte: »Also quasi als Symbol!«

»Richtig!«, freute sich sein Kollege aus der Psychoabteilung. »Das Insekt im Kokon, das in diesem wirklich wundervollen Fall, natürlich rein psychologisch gesehen, die angestrebte Geschlechtsumwandlung des Mörders symbolisiert.«

»Und nu?«, fragte Kriminalassistent Kubsch ehrlich verblüfft und ganz schön überfordert.

»Und nun, Herr Kubsch, nun müssen wir im Tathergang oder bei der Drapierung der Leichen unser Augenmerk noch einmal auf solche wiederkehrenden Elemente konzentrieren.

Oder …«, setzte Möller, ein wenig von seinem eigenen Gedanken verdutzt, hinzu, »… oder der Mann geht uns schleunigst ins Netz.«

Bei dieser Eingebung riss ihm irgendwie der Faden, und er stolperte gedanklich zurück zu seiner geliebten Persönlichkeitsspaltung.

»Denn solch eine Dissoziation könnten wir leider erst belegen, wenn wir ihn haben. Und selbst dann wäre sich die Fachwelt wahrscheinlich unsicher, ob es sich bei der Multiplen Persönlichkeitsstörung um eine echte Störung oder nur um so etwas wie ein kulturelles Phänomen handelt.«

Hansens rote Ohren wackelten, ein deutliches Signal. »Was Sie da sagen, bedeutet ja fast einen Freibrief für den Täter!«

»Nicht ganz. 1973 gab es einen Präzedenzfall. Eine Frau in Texas verinnerlichte sage und schreibe sechzehn verschiedene Personen. Therapeuten stellten in ihrer Langzeitdiagnose fest: Eine war die ehrliche Hausfrau, eine die besorgte Mutter, eine die liebende Ehefrau, eine weitere kontrollierte das eigene Auftreten in der Öffentlichkeit, eine andere trieb sich nachts auf der Straße herum, noch eine arbeitete als Prostituierte, und, um es kurz zu machen, eine von allen anderen losgelöste Person erschoss in zwei Jahren siebenundzwanzig Freier. Die eine mordende Persönlichkeit wusste zum Zeitpunkt der Festnahme nichts von den realen Leben der anderen. Dennoch kannte der Richter kein Pardon, die Frau wurde schon in erster Instanz zu lebenslanger Haft verurteilt.«

Alle atmeten vor Erleichterung tief durch, nur ich stutzte.

»Lebenslang für einen Serienkiller in Texas?«

»Die Geschworenen trauten sich nicht, ein Todesurteil zu fällen. Man wusste ja nicht, welche Person auf dem elektrischen Stuhl Platz nehmen würde.«

Damit war das Thema endgültig für mich gegessen. Wir verabschiedeten uns geheuchelt höflich und so schnell es eben ging.

Pike, der aus seinem distanzierten Verhältnis zu Psychologen oder Therapeuten keinen Hehl machte, äußerte auf der kurzen Fahrt hinüber in den Entenweg, dass Möller ein Schlauberger sei, der sich gern reden höre und sich das alles nur kurzfristig anlese.

»Glaub nicht, dass der wirklich weiß, was er da quatscht.«

»Unterschätze nie die Psychologie!«, verteidigte ich Christines Mann ohne jeden Grund. Aber es reimte sich, und das fand ich nett.

»Na ja, der Möller hat bestimmt nicht viel zu lachen.«

Keine Ahnung, was Pike damit meinte, aber eins schien klar, ein Polizeipsychologe in Wismar hatte unter Garantie weniger mit Kandidaten für die Gummizelle, dafür mehr mit Insassen von Gefängniszellen zu tun. Und seit der jüngsten Begegnung mit Messer-Manni wusste ich aus eigener Erfahrung: Richtig lustig wurde das in aller Regel nicht.

Viel wichtiger erschienen mir die brandneuen Informationen aus erster Hand über unseren Wirt aus der Bademutterstraße. Das war ein echtes menschliches Schicksal, daraus konnte man ein richtiges Sozialdrama stricken.

Doch kaum waren Pike und ich zurück in der Redaktion, sollte erst einmal die Tragikomödie vom Vormittag ihre Fortsetzung finden.

Kubsch informierte mich übers Handy, dass der Möwenkopf-Mann gerade eben wie aus dem Nichts in der Kommandantur aufgetaucht sei. Ohne fremde Hilfe, völlig freiwillig. Urplötzlich habe er vor ihm gestanden und allein, um wortlos seine Unschuld zu beteuern, wie der Kriminalassistent ungläubig und staunend betonte.

»Na und?«, fragte ich. »Was dann?«

»Der Oberkommissar konfrontierte ihn mit seinem Messer!«

»Ja. Und?«, fragte ich.

»Das bräuchte er zur Selbstverteidigung, weil sein Wohnsitz doch etwas unsicher sei, gab er umständlich schriftlich zu Protokoll.«

»Verständlich. Und dann?«

»Er machte keine konkreten Angaben zu seiner Identität und hatte keine Papiere oder Dokumente dabei. Daher verordneten wir U-Haft bis zur Klärung seiner Personalien und steckten ihn in eine Zelle.«

»Und?«

Ich wusste nicht, warum mir der Kubsch das alles erzählte und dann so bruchstückhaft. Aber als mir gerade schien, dass er einfach nur selten dämlich war, kam endlich die ganze erschreckende Wahrheit ans Licht.

»Ja. Und nun ist er schon wieder weg!«, stammelte Kubsch. Er klang fast weinerlich, als er hervorpresste: »Die Zelle ist leer. Fest verschlossen und leer. Wir wissen nicht wie, aber der Vogel ist schon wieder ausgeflogen.«

Ehrlich, der Möwenkopf-Mann wurde mir langsam sympathisch.

5

Freitag, den 6. März – sehr früh am Morgen

Ich habe sie in dieser Nacht alle sanft gestreichelt, die vier Bronzeschweine, die sich auf den vier Eckpfeilern der kleinen Brücke räkeln. Denn die Schweinsbrücke soll demjenigen, der sie betritt und ihre Skulpturen berührt, Glück bringen. Ich glaube daran, und die Viecher machen tatsächlich ihrer Symbolkraft alle Ehre und mich zumindest vorübergehend sehr glücklich.

Wieder einmal baden meine Hände in Blut, doch es ist kein Schweineblut. Es ist Menschenblut, Frauenblut, das noch warme Blut von Imken, der schönen Imkerin, wie ich sie nenne. Eine zarte Blondine aus Eckernförde, einem lausigen Kaff in Schleswig-Holstein. Die Vierundzwanzigjährige macht hier Ferien.

Eben noch hat sie sich vehement gewehrt, ich muss ihren Kopf etwas überhastet gegen die Bronzesau auf dem Steinpfeiler rammen. Eigentlich nicht meine Art, aber ihr Geschreie nervt. Teile von Imkens rechtem Ohr sind an der Skulptur irgendwie hängen geblieben, zermanscht, komischer Anblick. Eine Blutlache bildet sich auf der kleinen, so romantischen Brücke. In der Dunkelheit der Nacht sieht das aus wie klebriges Teeröl.

Das Mädchen stirbt gerade, röchelt aber noch.

Mein Friede ist immer erst vollkommen, wenn mich die Frau um Gnade anfleht. Das war schon so, als ich mit ihnen noch normal verkehrte. Ich knallte sie so dermaßen geil und hart, dass sie zu wimmern anfingen.

Der Rausch der Macht verschärft sich dann durch jedes ängstliche Stöhnen und jeden weiteren Schmerz. Dass diese Art der Befriedigung in reiner Mordlust endet, ist nur die radikalste aller Konsequenzen.

Imken machte einen ganz aufgeweckten Eindruck, sie hätte

es erahnen können, wenn sie bereit gewesen wäre, mitzudenken. Jetzt ist es zu spät …

Eingeknickt und merkwürdig verdreht lehnt sie am Brückengeländer. Das Messer steckt in ihrem weißen Hals, sie schluckt, es tritt kein Blut aus der Wunde. Sie verschluckt sich, hustet aber nicht. Ich ziehe langsam die Klinge heraus, sie sackt zur Seite weg, ein dünnes rotes Rinnsal sickert ihren schönen langen Hals hinab.

Ich bin der Ripper von Wismar und befinde mich auf meinem Pfad der Rache und Vergeltung. Mein Schmerz, von dem niemand Notiz nimmt, ist unvergleichlich größer als das verhältnismäßig kurze Leiden einer Imken.

Mein Wahnsinn hat Methode und ist unermesslich, er gründet in den Verletzungen, die mir von vielen Frauen dieser Welt angetan wurden. Schon als Kind galt ich als eigenwillig, meine Mutter warf mir vor, kein Herz zu haben. Ich verstand das nicht. Als Jugendlicher erfuhr ich, dass starke Emotionen wie Wut und Zorn mich regelmäßig buchstäblich übermannten. Wenn Mutter etwas von mir wollte, hatte ich stets größte Mühe, Fassung zu bewahren.

Probleme pubertierender männlicher Teenager! Ich erkannte darin immer noch kein Problem. Flippte ich wieder einmal aus, schrie meine Mutter, ich sei genau so krank wie mein Vater, der uns schon vor langer Zeit verlassen hatte. Die Dominanz von Mama und das Kindergeplärre waren ihm so auf die Nerven gegangen, dass er bereits über alle Berge war, bevor mir erstmals bewusst wurde, dass ich überhaupt einen Vater hatte.

Ich weiß, dass es anderen Heranwachsenden ähnlich ergeht. Manche lernen sogar, später mit ihren Macken einigermaßen vernünftig und gelassen umzugehen. Ich nicht. Bei mir wurde es nach den ersten Erfahrungen mit den Mädchen meines Alters nur noch schlimmer.

Sie lachten über meine impulsive Art, über das verschrobene Rumpelstilzchen, das ich regelmäßig vor ihnen aufführte. Das Lachen tat weh. Selten, dass ich dann blieb. Ich zog mich zurück oder fickte schnell eine andere, eine, die mich noch nicht kannte, die ich nachts in einer schäbigen Dorfdisco im stinkenden Frauenklo kurz und heftig für das Lachen bestrafte.

So fing es an, das Leiden. In mir wuchs ein Schmerz. Es entstand mit der Zeit mein persönlicher Schmerzkörper. Der Schmerzkörper will gefüttert werden. Je länger ich mich stabil fühlte, desto stärker wurde das Verlangen nach Schmerz. Ich wollte leiden und andere am Leid teilhaben lassen.

Das ist wie eine Sucht, die das Ende sucht und nie findet. Wie der Alkoholiker, der zum Terpentin greift. Sein letzter Schluck. Und dann unter Vollgas ins Delirium.

Meine Mutter hat mich verlassen. Ich hatte immer ein sehr intensives Verhältnis zu ihr. Sie war im Alter lange krank und ist vor fünf Jahren aus meinem Leben gerissen worden. Ich will weder behaupten, dass sie hätte früher sterben müssen, noch, dass sie Schuld gehabt hätte an meinem außergewöhnlichen Verhalten. Nein. Niemals. Meine Mutter trägt keine Schuld, nicht am Blutdurst, nicht am Töten. Ich hätte mich nur früher von ihr befreien müssen, nicht erst jetzt, nicht erst so …

Ich schleife den schlaffen schweren Körper aus dem schwachen Laternenlicht zur Uferwand des Baches, der träge unter der besudelten Schweinsbrücke hindurchfließt.

Ein paar Enten schauen erschreckt, ich habe sie geweckt, sie putzen ihr Gefieder. Eine beginnt lautstark zu protestieren und schwimmt meckernd davon. Ich habe wohl ihre Nachtruhe gestört und, was schwerer wiegt, ihrem Zuhause den Frieden genommen.

Auf der Höhe des Schabbelhauses stürzt ihr Körper ungelenk in den Bach und bleibt dort im seichten Flussbett liegen. Sie stirbt vor meinen Augen.

Für die meisten von uns ist das ein außergewöhnliches Ereignis, das mindestens der halben Menschheit Angst bereitet, und schon die Vorstellung davon bedeutet Qual und Tortur. Das zeigt nur, wie weit wir uns schon vom Tod entfernt haben, obwohl er ständig anwesend ist. Es lohnt manchmal der Blick in die Tierwelt, um besser zu verstehen.

Der Unterschied zwischen Enten und Menschen besteht dar-

in, dass die Enten sich nach solch einer Nacht einmal aufplustern, kräftig ihre Flügel schlagen und dann zu ihren Alltagsgeschäften zurückkehren, als wäre nichts geschehen.

Ich mag die Enten lieber als die Menschen.

***

Freitag, den 6. März – am späten Vormittag

Das Extrablatt riss man den Straßenverkäufern, die jetzt erstmals beim OSTSEE-BLICK zum Einsatz kamen und die der Vertrieb an den Gymnasien und im Jobcenter der Agentur für Arbeit in der Mühlenstraße, Ecke Bahnhofstraße, kurzfristig rekrutiert hatte, buchstäblich aus den Händen. Kiosk- und Lottoladenpächter riefen fast stündlich im Verlagshaus und sogar direkt in der Redaktion an, um weitere Verkaufsexemplare zu ordern.

Auch die Zusammenarbeit mit dem Polizeipsychologen Möller entpuppte sich als Volltreffer. Der Mörder und damit das Tagebuch im BLICK erhielten ein wesentlich schärferes Profil.

Wer auch immer hinter der Mordserie steckte, er würde sich mit ziemlicher Sicherheit angesprochen fühlen, vorausgesetzt, es handelte sich um keinen Analphabeten. Aber diese Gruppierung war in Wismar mit einem Anteil von 0,03 Prozent der Bevölkerung so gering, dass sie fast zu vernachlässigen war.

Das Leben spielte sich an diesem Tag um den BLICK herum ab. So wunderte es mich nicht, dass ich am frühen Nachmittag ausgerechnet am Zeitungskiosk im Bahnhof zufällig die hübsche Frau vom Doktor Möller traf.

Der Wismarer Bahnhof war überschaubar, um nicht zu sagen winzig. Ein Sackgassenbahnhof mit nur einem einzigen Bahnsteig. Welcher Zug auch immer hier eintraf, der Fahrgast wusste sofort: das Ende der Reise war gekommen. Von hier ging es nie weiter – sondern nur noch zurück.

Christine wollte mit ihrer kleinen Tochter Nele hinaus aus Wismar – zur Oma nach Mestlin. Das war ein Dorf östlich von Schwerin. Sie hatte zwei Reisetaschen gepackt und Nele einen kleinen Rucksack auf den Rücken geschnallt.

Einen Bahnhof hätten sie da nicht, aber für die Strecke ab Schwerin würden sie ein Taxi nehmen, das sei zwar noch ein ganz schönes Stück, aber was sollte sie machen, ihr Mann sei mit dem Wagen nach Eckernförde, um bei der Familie der auf der Schweinsbrücke ermordeten Frau mehr über das Opfer zu erfahren.

Das ganze Gerede rauschte an mir vorbei, wie die Bilder in der lang gezogenen Kurve einer Achterbahn, nachdem es erstmals steil bergab ging.

»Wir haben nur ein Auto«, sagte sie peinlich berührt.

»Na und? Ich hab gar keins.«

Ich guckte sie mit meinem Achterbahnblick an.

»Und das geht?«

»Klar«, murmelte ich, »besser, als man meint.«

»Das ist schön«, hauchte sie.

Die Frau machte mich nervös, und ich wusste nicht, warum. Vielleicht ihr Alter, schließlich war sie in etwa mein Jahrgang, um die Mitte dreißig. Sie war jedenfalls anders als die Küken, die mir sonst in der Cocktailbar »Kai« am Hafen oder in Wismars Kultclub »Der Schlauch« begegneten.

»Mein Mann macht sich ein bisschen Sorgen um Sie.«

»Aha. Warum?«

»Sie schreiben zu gut, sagt er. Das könnte gefährlich sein.«

»Für wen?«

»Für Sie!«

Ich sagte nichts mehr.

Ihr Blick, ihre Mimik, die Gesten sprachen nicht von der Gefahr, die Möller meinte, sondern von einer anderen, mehr zwischenmenschlichen … Meine Atemfrequenz erhöhte sich.

Die kleine Nele zupfte ungeduldig an Mamas Hosenbein.

»Wie lange bleiben Sie weg?«

»Übers Wochenende.«

»Schade«, sagte ich.
Sie: »Ach ja?«
Ich: »Ja.«
Sie: »Nun denn.«
Ich: »Gute Reise.«
Sie: »Danke.«
Ich: »Tschüss.«
Sie: »Tschüss.«
Nele: »Tschüss.«
Es gab Situationen im Leben, da ging es nicht anders.

6

Samstag, den 7. März

Für vierzehn Uhr war eine Pressekonferenz im Rathaus mit den Protagonisten Bürgermeisterin Hannemann, Polizeipsychologe Möller und Oberkommissar Hansen anberaumt.

Richtig. Olaf Hansen war vorgestern befördert worden, er trug jetzt ein »Ober« vor dem »Kommissar«. Der Titel war ihm sicher schnuppe, der Schlamassel in seinem Amtsbereich wog viel zu schwer, als dass irgendeine tiefe Freude über eine Urkunde oder schlappe hundertfünfzig Euro mehr im Portemonnaie aufkommen konnte.

Die Wismarer Institutionen erwarteten neben der üblichen lokalen Presse auch überregionale Vertreter von Zeitungen, Radio- und Fernsehsendern. Sogar ein Kamerateam vom japanischen Actionkanal Urawara Bandits hatte sich angekündigt. Wismar war durch seine vier toten Ladys für eine Nachrichtenlänge zum Nabel der Welt geworden.

Den Wismarer Marktplatz erkannte man kaum wieder: Wo sonst auf dem Kopfsteinpflaster ab Samstagmittag nur gähnende Leere herrschte, parkten unzählige Autos und sogar echte Live-Übertragungswagen aus der ganzen Republik. Die Buchstaben HRO und HST am Anfang der Autokennzeichen überwogen zwar, aber das einfache H und das HL und HB und vor allem das Doppel-H waren ebenfalls mehrfach vertreten.

Der Ansturm vor dem weißen Rathaus, ein umfangreich und liebevoll restaurierter klassizistischer Bau aus dem frühen 19. Jahrhundert, war beeindruckend. Die Journalisten drängelten sich ungeduldig zwischen den vier Steinsäulen des wunderschönen Eingangsportals hindurch ins Innere des Heiligtums.

Und da wollten sich die Stadtoberen nicht lumpen lassen und hatten auf Kosten des Etats für Werbung und Öffentlichkeitsarbeit zu Mittag ein paar kalte Platten und noch kältere Kisten spendiert.

So mümmelten die Kollegen jetzt gedankenverloren Schinkenstullen und Fischbrötchen und nippten dazu an Sprudel oder Wismarer Pils.

Der Bürgerschaftssaal in der ersten Etage, den man aus gegebenem Anlass großzügig zur Verfügung gestellt hatte, hatte die Ausmaße und den Charme einer Schulaula, nur dass von der Decke zwei imposante Kronleuchter aus erlesenem Kristall hingen und der neuwertige Parkettboden blitzblank war. Es roch dezent nach Bohnerwachs.

Der Andrang war enorm, man hielt sogar für die Nachzügler unter den Kollegen schräg über unseren Köpfen die kleine Galerie geöffnet. Am gegenüberliegenden Kopfende stand ein flaches, breites Podium mit fünf lederbezogenen Stühlen, und dahinter hing zwischen zwei Fenstern, die auf den Marktplatz wiesen, an einer kalkweißen Wand eine klassische Kupferstichplatte, die den Alten Hafen von Wismar so ziemlich exakt während des Mittelalters zeigte – wie ich aber nur vermuten konnte. Davor hatte man zu ebener Erde und schön in Reih und Glied jede Menge Klapptische und Holzhocker für die Meute installiert.

Ein Moderator von Welle Meckpomm sprach mir seine kollegiale Hochachtung aus. Die Nummer mit dem Tagebuch fände er richtig klasse.

»Wenn man nichts weiß, muss man sich etwas einfallen lassen. So ist das Geschäft. Komm doch einfach mal bei uns in der Redaktion auf 'nen Kaffee vorbei, wenn du zufällig in Rostock bist.«

Ich nickte. Sollten sie weiter im Trüben fischen, ich hatte die derzeit beste Quelle für den Nachmittag exklusiv an Land gezogen. Mir war ein Interview mit Hansen versprochen worden. So etwas war selten, vor allem dass der Mann ausgerechnet mit mir über alles reden wollte. Ihm blieb wohl trotz seines verständlichen Ärgers über meinen folgenschweren Tipp bezüglich des Möwenkopf-Mannes aufgrund des neuesten

Mordes nichts anderes übrig, als mit den Presseorganen der eigenen Stadt zu kooperieren. Wir hatten uns gegen fünf am Alten Hafen an Lottes Fischkutter verabredet.

Das wird sicher unter Spesen laufen, dachte ich noch, als sich die Seitentür des Bürgerschaftssaales quietschend öffnete und die Krisendelegation über das knarrende Parkett schritt, um dann gemeinsam das Podium zu erklimmen.

In diesem Augenblick verstummte das vielstimmige Gemurmel der Journalisten aus aller Welt, noch mit kauenden Kiefern wurden wahre Salven von Fragen in den Raum gebrüllt, natürlich ohne ernsthafte Chance auf rasche Antwort. Auf der Empore hing ein gar zu forscher Pressekollege bedrohlich über der Balustrade und drohte im Eifer des Gefechtes abzustürzen. Der Hausmeister packte geistesgegenwärtig zu und zog den etwas zu nervös agierenden Kollegen auf sicheres Terrain zurück.

Pike flitzte wieselflink durch den Saal und blitzte mit den anderen Fotografen um die Wette. Die Kameramänner balgten sich um die besten Plätze frontal vor dem Podium. Der kleine Urawara-Kameramann hatte dabei trotz manch fernöstlicher Kampfsporttechnik ziemlich schlechte Karten.

Erst als die Bürgermeisterin am Mikrofon nestelte und die gierige Masse freundlich zur Ruhe mahnte, trat für eine knappe Minute eine konzentrierte Stille ein.

Ilse Hannemann hüstelte und eröffnete die Pressekonferenz mit der allgemeinen Bemerkung, dass ihr und den Bürgerinnen und Bürgern von Wismar die Vorfälle der letzten Wochen sehr leidtun würden und sie dennoch die vielen Gäste aus nah und fern in ihrer schönen Hansestadt willkommen heißen möchte.

Als ob die grauhaarige Hannemann irgendetwas dafür könnte, dass dem polizeilichen Leichenschauhaus langsam, aber sicher die Kühlboxen ausgingen.

Es folgten auswendig gelernte, wohltemperierte Sätze des Mitgefühls von einer Provinzpolitikerin an die Angehörigen der Mordopfer, dann ein knapper Ausblick, welche Konsequenzen das Ganze für Wismar als eine Stadt des Weltkulturerbes und damit für den Tourismus habe, und die Rede endete mit dem energischen Versprechen, durch das kriminalistische Know-how unseres erfahrenen und frischgebackenen Oberkommissars Olaf Hansen den Täter aufs Schnellste zur Strecke zu bringen.

Vom Garn der Hannemann hätte kein Reporter der Welt auch nur drei Minuten stricken können, deshalb stürzten sich alle wie die geifernden Seemöwen auf die Fachmänner Möller und Hansen, die nach angemessen knappen Beileidsbekundungen zielstrebig zur Sache kamen.

»Der Täter geht immer auf die gleiche Weise vor«, erklärte Sönke Knut Möller. »Er späht die Opfer nach seinen persönlichen Kriterien aus, schaut, ob sie alleine unterwegs sind, wie sich ihr Tagesablauf gestaltet. Er sucht nach jungen, attraktiven Frauen, gern blond oder rothaarig. Es handelt sich um Gäste der Stadt, oft Kurzzeiturlauberinnen, die bislang alle in derselben Pension abgestiegen sind, dem »Pour La Mère«. Ob das Zufall ist oder nicht, können wir noch nicht mit Sicherheit sagen. Die Frauen stürzen sich ins Wismarer Nachtleben, um dann auf ihrem Weg ins Hotel an einer genau sondierten Stelle durch den Unbekannten überfallen zu werden. Wobei er jedes Mal einen anderen Tatort wählt. Den Rest kennen Sie ja bereits.«

Ich fragte mich gerade, was Möller ernsthaft mit Nachtleben meinen könnte, in das man sich Hals über Kopf stürzen sollte, die Wismarer Kneipenlandschaft ist doch normalerweise schon weit vor der Geisterstunde so trostlos wie unser Freibad im Frühmärz, da wollte plötzlich ein ganz aufgeweckter Kollege vom Rostocker Boten tatsächlich wissen, warum die Polizei davon ausginge, dass es sich bei dem Mörder um einen Mann handeln müsse.

Nicht schlecht, Herr Specht. Roger Specht war Reporter für die Seite »Vermischtes«, das heißt den unterhaltsamen Teil am Ende des Blattes. Warum der Bote ausgerechnet ihn zu dieser Pressekonferenz abkommandiert hatte, das konnte nur am bereits verhallten Startschuss ins Wochenende oder an einem enorm wichtigen Heimspiel von Hansa liegen, aber auf gar keinen Fall an Rogers prächtig blühender Phantasie.

Oberkommissar Hansen ließ sich erst gar nicht aus dem Konzept bringen.

»Wir gehen davon aus, dass es sich um eine sehr kräftige oder sportliche Person handeln muss. Die Würgemale am Hals und die Kraft, mit der die Messerstiche ausgeführt wurden, lassen uns keine andere Wahl.«

»Außerdem ist das Täterprofil«, ergänzte Dr. Möller, »gerade im Hinblick auf das Geschlecht eindeutig. Es handelt sich um einen von Hass auf Frauen besessenen Psychopathen, aller Wahrscheinlichkeit nach ein impotenter Mann mittleren Alters. Die Planung und die Ausführung der Tat deuten unzweifelhaft auf männliches Kalkül. Die Opfer hatten keine Chance. Kein weibliches Wesen kann einer anderen Frau auf solch gnadenlose Weise physisch wehtun.«

»Bestie Mann!«, knurrte Pickrot mir ins Ohr. Er war zufrieden mit seiner Ausbeute und setzte sich neben mich, als wäre für ihn schon Feierabend.

»Was wissen Sie über das letzte Opfer?«, wollte eine mir unbekannte Kollegin vom Schweriner Kurier wissen.

»Imken Lehmann wurde vierundzwanzig Jahre«, begann der Kommissar, »sie arbeitete als Krankenschwester in einem Altenpflegeheim in Eckernförde an der Schleswig-Holsteinischen Ostsee. Vor zwei Tagen ist sie in Wismar mit der Bahn eingetroffen, hat dann in der Pension ›Pour La Mère‹ eingecheckt und dort für zwei Nächte im Voraus bezahlt. Am Donnerstagabend ist sie gegen zehn Uhr dreißig in das Brauhaus am Lohberg eingekehrt, hat dort eine Nordische Fischplatte bestellt und dazu ein stilles Wasser und später einen Rostocker Kümmel getrunken. Nach Angaben der Kellnerin kam sie beim Bezahlen mit einem Herrn am Tresen ins Gespräch und ließ sich von diesem zu einem Cocktail überreden.«

»Könnte das der Täter gewesen sein?«

»Kennen Sie seine Identität?«

»Über was haben sie geredet?«

Die Fragen flogen Hansen nur so um seine abstehenden Ohren. Die Hannemann versuchte mit beruhigenden Handbewegungen das zähnefletschende Rudel zu besänftigen.

»Wahrscheinlich ein Skipper mit Privatboot im neuen Westhafen, seine Identität ist uns bekannt. Bis zu seiner Befragung werden aber keine weiteren Angaben zur Person gemacht. Was die beiden besprochen haben, konnte aufgrund der Lautstärke in der Brauerei niemand sagen.«

Der Kommissar wirkte zunehmend angespannt. Es war nicht seine Art, so viel zu reden.

»Kurz nach Mitternacht verließen sie gemeinsam das Lokal. Von da an verliert sich jede Spur. Bis Imken Lehmann um vier Uhr dreißig am Freitagmorgen von einem Rentner mit Dackel beim Gassigehen im Flussbett unter der Schweinsbrücke erstochen aufgefunden wurde.«

Hansen musterte die Kollegen, als wollte er von jedem einzelnen persönlich das Alibi für die vorletzte Nacht abfragen. Auch wenn er jetzt schwer transpirierte, er war ein harter Hund, dieser Hansen. Das musste man ihm lassen, unter seinen Argusaugen wurde jedem mulmig. Selbst der japanische Kollege guckte ganz verdattert, doch hatte das vielleicht auch andere Gründe.

»Was ist mit Spuren?«, fragte ich Hansen direkt.

Der schaute erst genervt, um dann ausweichend zu antworten:

»Die gleichen Reifenspuren in Tatortnähe wie schon bei den Tötungsdelikten an Katharina Reich nach Neujahr an der Sankt Nikolaikirche und an Doreen Stawowy vor der Pension in der Bademutterstraße. Ein schwerer Geländewagen, mehr können wir aus polizeilichen Ermittlungsgründen zum derzeitigen Zeitpunkt nicht mitteilen.«

»Was ist mit dem Geruch?«, hakte ich nach.

»Was für ein Geruch?«, knurrte mir der überraschte Pike leise ins Ohr.

»Welcher Geruch?«, fragte Möller laut ins Mikrofon.

»Na, der penetrante Fischgeruch!«, beharrte ich.

Einige Kollegen lachten amüsiert, andere glotzten verdutzt. Mir hing der Geruch vom Tatort in der Bademutterstraße noch jetzt in den Nasennebenhöhlen – und an der Schweinsbrücke hatte es nicht viel anders gerochen.

Die Hannemann räusperte sich verlegen, Hansen sah mich äußerst unterkühlt an.

»Fischgeruch? Was meinen Sie damit? Ich weiß wirklich nicht, wovon Sie reden, Herr Strauß. Wie wir Ihren Artikeln im BLICK entnehmen, verfügen Sie über ein kreatives Näschen. Ich darf aber versichern: Hier fehlt Ihnen der richtige Riecher. Es gibt in diesem Fall keinen Fischgeruch.«

»Es sei denn, Sie meinen die durchaus akzeptablen Gerüche, die gewöhnlich frühmorgens und nur für kurze Zeit und nur bei auffrischendem Nordwestwind über die Altstadt wehen!«, ergänzte Psycho-Möller und fügte locker schmunzelnd hinzu:

»Das sind dann unsere Fischer, die ihren täglichen Fang im Hafen löschen. Dorsch, Hering, Zander, Flunder, Aal. Sie sind doch von hier, Herr Strauß. Das ist nichts Besonderes, das müssten Sie eigentlich wissen. Ich kenne da ein exzellentes Fischrestaurant gegenüber vom Hafen. Wenn Ihr bescheidenes Honorar es zulässt ...«

Der Rest ging im Gelächter der Kollegen unter.

So leicht schüttelt man mich nicht ab, dachte ich kühl und lächelte falsch zurück. Was interessierte mich heute Psycho-Möller mit seiner arroganten Bunker-Taktik, meine exklusive Verabredung war sicher und stand unmittelbar bevor: Ich sollte Ole Hansen gleich bei Lotte Nannsen zum obligatorischen Makrelenfilet treffen, der fette Fisch würde mir so schnell nicht vom Haken gehen.

***

Nachdem Franz Pickrot seine Fotos und ich meine Zusammenfassung von der Pressekonferenz in der Redaktion des BLICK abgegeben hatte, kam Eva mit schön gerötetem Gesicht aus Mahlzans Büro.

Ich hatte die schnelle Eva zu Beginn ihrer Zeit beim BLICK einmal privat auf ein Eis am Abend eingeladen. Was ich für ein Auto hätte, wollte sie damals wissen. Ich sagte, am liebsten fahre ich Fahrrad. Das war wohl keine befriedigende Antwort.

Nicht dass ich nie Auto fahren würde, ich könne, wenn ich wolle, sogar sehr gut fahren. Und ab und an würde ich mir auch mal einen Leihwagen mieten. Aber Wismar sei nun einmal überschaubar, ich bräuchte kein eigenes Fahrzeug.

Sie gab mir nicht mal eine Antwort und drehte sich auf ihren spitzen Absätzen einfach um. Eines schien mir seitdem sicher und tröstlich: Auch aus der schnellen Eva würde eines Tages eine Evi.

Mahlzan war seit knapp drei Jahren Porschefahrer. Er saß breitbeinig hinter seinem Schreibtisch und schnürte sich die Krawatte zurecht, als er mich über den Flur stolpern sah.

»Herr Strauß!«, rief er durch die halb offene Tür, um sich sogleich zu verbessern: »Ach … Nobbi! Komm doch mal bitte kurz herein!«

Schon zum zweiten Mal klopfte mir Gregor Mahlzan in dieser Woche freundschaftlich anerkennend auf die Schulter. Genau an der Stelle meiner braunen Jacke, auf der sich Mittwoch die Möwe verewigt hatte. So ein Vogelschiss, das wurde mir erst jetzt richtig klar, hatte es in sich, der frisst sich richtig rein ins Wildleder.

»Gute Geschichte gestern. Das Tagebuch eines Mörders! Feine Arbeit, Nobbi.«

Es roch in seinem Büro nach teurem Parfum, so wie man es täglich aus seinem Vorzimmer kannte.

»Jetzt müssen wir aber einen nachlegen! Du weißt doch: Man muss das Eisen schmieden, solange es heiß ist!«

Er begann sich zu wiederholen. Das Alter und der Alltag nagten langsam an seinen grauen Zellen. Ich nickte ihm verständnisvoll zu. Er nickte wissend zurück und wandte sich flugs einer anderen Aufgabe zu.

Nach diesem erneuten Lob machte ich mich, noch ein bisschen größer und stärker, aber auch ganz bewusst allein auf den Weg zum Alten Hafen.

***

Kein Fotograf! Das war Hansens einzige Bedingung gewesen. Ich ging zu Fuß von dem grünen gotischen Backsteinhaus im Entenweg, in dem unsere Redaktion untergebracht war, erst über den Marktplatz, durch die ABC-Straße und dann mit einem Schlenker über die Schweinsbrücke am Wallensteingraben entlang.

Da filmten die kleinen Japaner vom Urawara-Team mit wilden Kameraschwenks die Bronzeplastik auf dem blutverklebten Todespfeiler. Ihr Reporter sprang wie ein aufgescheuchtes Huhn herum und plapperte in einem fort unverständliches Zeugs in sein kabelloses Designermikrofon. Komische Zugvögel, diese Kollegen vom Fernsehen.

Ansonsten schien alles wie immer, nur dass das gewöhnlich lautstarke Geschnatter der Enten nicht zu hören war. Sie hatten sich für heute verzogen.

Vorbei an der Nikolaikirche schlenderte ich über die Frische Grube hinunter zum Lohberg. Dort ließ die Wirtin ein Plakat anbringen, das die Fünfhundertfünfundfünfzig-Jahr-Feier des Brauhauses am Lohberg ankündigte.

Die Brauerei war das letzte von ursprünglich einmal über dreihundert Brauhäusern in Wismar und Umgebung. Es war ein Jammer, aber die einst feine Bierbraukunst im hohen Norden musste immer mehr der Konkurrenz der gigantischen chemischen Industrieanlagen im Westen und Süden der Republik weichen.

Die fünfhundertfünfundfünfzig Jahre stimmten jedoch nicht ganz. Eine relativ überschaubare Zeitspanne lang war das Brauhaus geschlossen gewesen. Während des real existierenden Sozialismus werkelten hier vierzig Jahre lang die Segelmacher der Stadt und produzierten Segeltuch, Planen, Tauwerk und Flaggen für die Schifffahrt.

Auf der anderen Straßenseite sah ich schon den Kommissar mit seinem Assistenten Kubsch vor dem Kutter warten. Sein obligatorisches Makrelenbrötchen mampfend, unterhielt sich Hansen mit Lotte Nannsen, die ihre tägliche Räucherware und die besten Fischbrötchen in ganz Meck-Pomm feilbot. Und ihre Konkurrenz war groß. Allein hier an der Kaimauer dümpelten drei weitere nostalgische Seelenverkäufer und priesen fangfrischen Fisch direkt vom Boot.

Nur noch wenige Wismarer Männer fuhren nachts hinaus auf die Ostsee und brachten heute leider auch nicht mehr ganz so volle Netze frühmorgens in den Hafen zu den Frauen, die den Fisch an Ort und Stelle säuberten, räucherten oder in frischen Brötchen garnierten.

Die Qualität auf den Verkaufskuttern war natürlich bei allen allererste Sahne, aber Olaf Hansen ließ erst gar keinen Zweifel aufkommen. Er kaufte seinen Lieblingsfisch, die klassische Pfeffermakrele, nur bei Lotte, mit ihren zweiundsiebzig Jahren die Dienstälteste und Liebenswerteste vor Ort.

Hansen kaute wieder einmal überglücklich an seinem Brötchen. Kubsch tat es ihm gleich. Ich wusste nicht sehr viel von ihm, ein junger Polizist, etwa Anfang dreißig, alleinstehend. Ich nahm an, dass seine Fischvorliebe vermutlich rein der Solidarität zu seinem Chef geschuldet war.

Der Sound der Küste empfing mich mit schrillem Gekreische, eine Handvoll Möwen flatterte um die Fischreste aus Lottes Küche.

Als Hansen mich kommen sah, machte er Kubsch ein Zeichen, sich ein wenig zu entfernen. Leicht verstimmt, um nicht zu sagen beleidigt, trollte sich sein Assistent mit knappem Gruß zur duftenden Auslage des nächsten Kutters.

»Tach, Herr Hansen. Moin, Lotte!«

Fast jeder kannte sie, und jeder, der sie kannte, nannte sie bei ihrem Vornamen.

»Moin, Nobbi, mien plietschen Jung.«

»Wie gehen die Geschäfte?«

»Wat möt, dat möt!«, antwortete sie fröhlich, um mit klaffender Zahnlücke, aber feiner Klinge hinzuzufügen: »Un woans löppt dien Revulverblatt?«

Ich nahm es gelassen und reckte kurz den Daumen zur Siegerpose. Hansen kaute und glotzte, um dann brüsk loszupoltern: »Sie haben Nerven!«

»Was gibt's? Herr Oberkommissar!«

Die Betonung lag natürlich auf den ersten beiden Silben seines neuen Ranges. Doch Olaf Hansen ließ sich dadurch nicht einlullen.

»Lotte hat recht mit dem Revolverblatt. Ich mag keine Presse, wenn sie sich so wenig der Wahrheit verpflichtet fühlt wie Sie und der BLICK.«

»Schwierige Zeiten, Herr Hansen. Nicht nur für Sie, auch für uns. Sie hätten ja einem Interview nicht zustimmen müssen«, entgegnete ich ihm selbstbewusst.

»Das ist es ja gerade, ich habe das Gefühl, ich sehe Sie viel zu häufig, aber beruflich habe ich keine Wahl. Ich füttere Sie, und Sie füttern mich. Eine Hand wäscht die andere.«

»Wie meinen Sie das?«

Meine Neugier war geweckt. Ich wollte es mir nicht anmerken lassen und bestellte bei Lotte einen Bismarckhering mit extra viel Zwiebeln.

»Sie kriegen von mir ein Exklusivinterview, um Ihr spekulatives Tagebuch mit fundierten Fakten, sagen wir mal, ein wenig aufzumöbeln, und dafür informieren Sie mich über die Reaktionen und Gewohnheiten eines Ihrer besten Kollegen.«

Mir blieb der Bissen im Hals stecken.

»Pike?«

»Franz Pickrot. Genau.«

»Niemals!«

»Wir haben Reifenspuren von seinem Mitsubishi Pick-up am Tatort in der Bademutterstraße zweifelsfrei nachweisen können.«

»Wollen Sie mich veräppeln! Sie haben doch selbst gesehen, dass wir am Morgen danach in seinem Pick-up vom Parkplatz gefahren sind.«

»Das waren frische Spuren. Die vereisten aus der Nacht waren ebenfalls deutlich zu erkennen. Pickrot war in der Nacht am Tatort, es sei denn, dass er seinen Wagen verliehen hat und ein anderer am Steuer saß. Aber das lässt sich herausfinden.«

Franz Pickrot war ein Trumpf für den OSTSEE-BLICK, dem konnte keiner etwas vormachen, auch ich nicht. Der Dreiunddreißigjährige war vielleicht nicht der Intelligenteste, aber mit seiner Bauernschläue steckte das Pokerface viele in die Tasche. Soweit mir bekannt war, hatte er nicht einmal einen richtigen Schulabschluss, aber das brauchte man auch nicht als Ass unter den Pressefotografen.

Sein Handwerk hatte er von der Pike auf gelernt, erst als Gehilfe in einem kleinen Fotostudio in Prerow, dann als Autodidakt und Freelancer für regionale Zeitungen und überregionale Agenturen.

Mahlzan hatte ihm vor drei Jahren einen Rahmenvertrag mit Abnahmegarantie gegeben, sodass er sich als Vollzeitmitarbeiter ganz in den Dienst des Wismarer BLICK stellte. Zwar fiel er in dieser Zeit einmal unangenehm auf, weil er nebenher für ein dänisches Erotikmagazin ein Casting mit Mädchen aus Mecklenburg machte, um danach ziemlich schmuddeliges Zeugs auf Zelluloid zu verhökern. Das brachte ihm offiziell eine Abmahnung ein, die der Chef persönlich aber auf die absurdeste Weise kommentierte: »So. Nun ist wieder gut. Und Schwamm drüber. Machen Sie weiter wie bisher! Sie sind und bleiben unser bester Mann.«

Eine normale Beziehung zu einer Frau war nicht bekannt, aber das durfte unmöglich als Indiz für einen Verdacht solcher Tragweite herangezogen werden. Dann hätte die Polizei gleich alle Junggesellen der Stadt verhören können.

»Herr Hansen! Halten Sie mich da raus! Ich habe absolutes Vertrauen zu Pike. Er ist meine rechte Hand, der beste Fotograf, den man sich denken kann. Wir arbeiten seit über zwei Jahren zusammen. Der ist nicht pervers und schon gar kein Mörder.«

Der Kommissar wischte sich mit einer Papierserviette über den Mund und ließ die Makrele und sein Anliegen erst einmal sacken.

Der Pike ein Frauenmörder? Niemals. Völlig unvorstellbar.

»Das habe ich nicht behauptet«, unterbrach Hansen meine Gedanken, als hätte er sie erraten. »Wir wollen nur sichergehen, dass er mit den Morden nichts zu tun hat. Verstehen Sie? Und Sie kriegen das raus, ohne dass wir mit dem ganz großen Aufgebot das Blumenbeet zertrampeln. Okay?«

Olaf Hansen hatte aus dem blinden Aktionismus mit dem SEK auf der Insel Poel gelernt. Er war jetzt vorsichtiger und probierte anscheinend andere Strategien. Es klang nach einer geschäftlichen Abmachung. Ich fragte mich nur: Wo war der Deal?

»Was springt für mich dabei heraus?«

»Fischblut.«

Angewidert schaute ich zu meinem Brötchen hinab. Doch da war nichts als blaugrauer Hering, garniert mit Silberzwiebeln.

»Die toten Frauen. Sie hatten recht«, stellte Olaf Hansen nüchtern fest. »Sie rochen nach Fisch.«

Also doch! Das war eine Sensation! Jetzt wusste ich, woher der Wind wehte. Deshalb war der Kommissar während der Pressekonferenz im Bürgerschaftssaal so nervös geworden. Eine Breitseite vom Feinsten! Ich fühlte mich gerade wie beim Schiffeversenken. Ein tödlicher Volltreffer!

»Das weiß außerhalb der Kommandantur bislang niemand, nicht mal meine Mutter, was ich Ihnen jetzt sage.«

Das klang ehrlich, wenn auch übertrieben, und ich zückte Stift und Block aus meiner Jackentasche.

Mein restlicher Hering ging dabei über die Kaimauer und landete als Möwenfraß im Brackwasser der Ostsee. Die kreischenden Viecher stürzten im Blindflug hinterher, sie ließen sich nie zweimal bitten.

»Das Labor hat festgestellt, dass die Leiche in der Bademutterstraße, aber auch das Opfer auf der Schweinsbrücke sowie die toten Frauen vom Speicher und der Nikolaikirche«, er machte wie zur Erhöhung der Spannung eine Kunstpause, wobei seine Segelohren leicht zu wackeln begannen, »dass sie alle, die eine mehr, die andere weniger, nach Fisch rochen.«

Ich war baff. Das war eine Granateninfo, nur wusste ich sie in diesem Augenblick weder einzuordnen noch adäquat darauf zu reagieren.

»Warum?« waren wohl noch die einzigen zwei sinnvollen Silben, die mir in den nächsten Minuten über die Lippen kommen sollten.

»Weiß der Kuckuck!«

Oberkommissar Hansens Fluch klang ehrlich verzweifelt.

»Ein Fehler der Forensik in Lübeck. Die haben erst jetzt, auf Nachfrage und Druck vom Polizeipsychologen Möller, das Blut der Toten genauer unter die Lupe genommen und dann festgestellt, dass in den Adern der Frauen Fischblut fließt beziehungsweise nicht mehr fließt. Und das bedeutet, dass ihnen kurz vor oder nach dem Tod eine Substanz injiziert wurde, die diesen penetranten Geruch in den Opfern hervorrief. Den nicht Sie, Herr Strauß, sondern mein Kollege Kubsch als Erster am Dienstag wahrgenommen hat. Das erwähne ich nur so kleinlich, damit später keine falschen Legenden entstehen.«

Buffalo Bill, dachte ich nur – oder besser: Hannibal Lecter in Wismar! Oder noch genauer: Möllers modernes Opus Dingsbums oder wie das noch gleich hieß …!

»Aber warum?«, fragte ich den Kommissar gänzlich perplex.

»Sie haben ein gutes Näschen. Wir wollten das aber nicht an die große Glocke hängen. Deshalb keine Stellungnahme auf der Pressekonferenz. Das schafft in einer Stadt, die auch vom Fischfang lebt, viel zu viel Unruhe. Ökonomisch gesehen, wäre das nicht gut. Da Sie das Ganze von sich aus gerochen haben, mache ich hiermit eine Ausnahme.«

»Nein, ich meinte, warum das alles?«

»Sönke Knut, also Polizeipsychologe Möller, meint, das ist ein Ritual. Wofür, wieso, weshalb? Das konnte er auch nicht erklären, aber er ist dran an der Sache.«

»Warum?«, entfuhr es mir noch einmal.

»Wie? Warum?«

Hansen schien irritiert.

»Warum ein Ritual?«

»Das haben Sie doch selbst geschrieben in Ihrem Tagebuch eines Mörders. Ein Perverser, psychisch krank. Einer auf Rachefeldzug, das könnte schon sein. Möller hat da eine Theorie. Wir müssen nur noch die Verbindung zum Fisch herstellen.«

Ich weiß nicht, ob Lotte auf ihrem Kutter irgendetwas von unserem Gespräch aufgeschnappt hatte, jedenfalls glotzte sie mit offenem Mund zu uns herüber und spielte mit der Zunge in ihrer Zahnlücke. Ein grässlicher Anblick.

Wir setzten uns in Bewegung und spazierten die alte Hafenanlage hinauf, vorbei an den Ausflugsbooten für die Hafenrundfahrten und dem Nachbau der schönen Hanse-Kogge, die teerschwarz und kolossal am Kai lag und auf zahlende Kundschaft wartete. Kubsch sollte uns unauffällig folgen.

»Der Täter, das ist sicher, überlässt nichts dem Zufall.«

Hansen gab mir Futter.

»Alles bis ins Grausamste durchdacht. Die Kunststudentin aus Berlin, die er gleich dort drüben zwischen den hohen Speichermauern erledigt hat …«

Er zeigte mit ausgestrecktem Arm auf die verlassenen Speicher vor dem alten Getreidepier.

»Hätte die Kleine die Messerattacken überlebt, wäre sie dennoch in kürzester Zeit verreckt.«

»Warum?«

»Strauß! Sie gehen mir langsam auf die Nerven mit Ihrem ewigen Warum.«

»Entschuldigen Sie. Das ist nicht meine Absicht, aber mein Job.«

Ich musste mich zusammenreißen. Die Wahrheiten klangen oft verblüffender als jedes noch so phantastische Detail aus der Welt der Fiktion. Ich war von den sensationellen Aussagen des Kommissars schlicht überrumpelt und musste nun zu einer professionellen Linie zurückfinden.

Hansen war aber mit seinem Latein noch lange nicht am Ende: »Wären die Frauen nicht an den Stichverletzungen gestorben oder auf der Straße verblutet, dann wären sie vergiftet worden. Das Fischblut hätte innerhalb weniger Minuten ihr Menschenblut tödlich verunreinigt. Die Leute vom Labor sagen weiter: Angenommen, das Opfer hätte die Dosis Fischblut vertragen, wäre trotzdem der Tod eingetreten. Die nächste Stufe der Perversion: Fischblut gerinnt in den menschlichen Venen, dadurch verstopfen die Arterien, und die werden dann irreparabel zersetzt. Bis das Herz ... wie soll ich sagen ... bis das Herz quasi ... implodiert.«

Ich schluckte und flüsterte: »Fischimplosion! Das stinkt zum Himmel!«

Hansen blieb stehen und sah mich zweifelnd an, seine Ohren glühten.

»Strauß! Wie schaffen Sie es eigentlich, immer so spannend zu schreiben?«

Kubsch räusperte sich, er hielt sein Handy zur Entschuldigung in die Luft. Er müsse uns leider unterbrechen, er habe einen dringenden Anruf bekommen. Die Kollegen von der Streife hätten nach unermüdlicher und pausenloser Suche den verdächtigen Skipper vom Westhafen ausfindig gemacht, den die Kellnerin aus dem Brauhaus am Lohberg vor dem Schweinsbrückenmord in Begleitung des Opfers gesehen hatte.

»Wir müssen los.«

Hansen schaute mich fordernd an. »Wir haben eine Abmachung?«

»Lassen Sie mich mit zum Westhafen«, pokerte ich hoch, »und Sie kriegen von mir, was Sie wollen!«

Er guckte missmutig und schlug ein.

***

Es handelte sich um eine kleine, aber feine Motoryacht, die im neueren Westhafen, etwas abseits vom Trubel der Altstadt und des Alten Hafens mit seinen Ausflugsbooten und Fischkuttern, unweit vom riesigen Werftgelände, ihren Liegeplatz hatte. Der Eigner hieß Gunnar Hecht, eigentlich kein unbeschriebenes Blatt in Mecklenburg-Vorpommern. Ein echter Küstencasanova, achtunddreißig Jahre, verdächtig lange Hippiehaare, ein breites Grinsen, ein triefender Charmebolzen mit rekordverdächtiger Frauenrate.

Wenn man sich die wenigen ernst zu nehmenden Gockel und Böcke der freien Wismarer Wildbahn nebeneinander denkt, dann war auf ihn bezogen der Spruch vom Hecht im Karpfenteich gar nicht so schlecht. Gunnar Hecht hatte eine Abschussquote, die sich durchaus mit einem Großstadtcowboy messen lassen konnte.

»Ich hab die Lady nur zu einem Cocktail eingeladen, das war alles.«

Wir saßen bei ihm in der winzigen Kajüte, er kochte Tee und stellte vier Pötte mitten auf den Tisch.

»Mehr war nicht, ehrlich!«

»Hecht!«, versuchte es Hansen auf die direkte Art. »Sie geben sich doch nie nur mit netter Konversation zufrieden. Und Sie haben mit dem Opfer zusammen die Brauerei am Lohberg gegen Mitternacht verlassen. Das steht fest, dafür gibt es Zeugen.«

»Was soll ich sagen?«, versuchte er auszuweichen. »Die wollte nicht. Die war nett, aber stur. Sie meinte, sie hätte einen Schwips und Migräne und lauter so Frauenzeugs.«

Kubsch griff nach einem Teepott, aber nur um sich die Hände daran zu wärmen.

Ich guckte mich um: eine breite Koje unter Deck, eine kleine

Kombüse, ein winziges Klo, eine Musikanlage und ein Flachbildschirm, das war es schon mit der Herrlichkeit.

»Wo und wann haben Sie sich verabschiedet?«, wollte Hansen wissen.

»Gleich unten beim Schiefen Haus, noch vor dem Alten Hafen. Es war so gegen ein Uhr. Ich bin dann allein hierher und hab noch bisschen Fernsehen geguckt. Dabei bin ich eingeschlafen.«

»Also keine Zeugen?« Kubsch notierte das in seinen Klappblock und fragte dann: »Was lief?«

»Wie? Was lief?«, fragte Hecht zurück.

»Na, im Fernsehen?«

Hätte ich ihm gar nicht zugetraut, Kubsch konnte manchmal richtig gemein sein.

»Och, das weiß ich nicht mehr. Ich glaub, Sport.«

»Mitten in der Nacht?« Hansens Blicke durchlöcherten ihn, der coole Gunnar wurde langsam nervös.

»Hätten Sie etwas gegen eine Speichelprobe, Herr Hecht?«

»Wie? Muss denn das sein?«

»Die Tote hatte noch kurz vor ihrem Ableben ausgiebigen Geschlechtsverkehr.«

Der Kubsch hatte eine ungewöhnliche Formulierungsgabe. Doch auf den Inhalt kam es an, und der war mir neu, und er brachte das Reporterblut richtig in Wallung.

Gunnar Hecht wurde unruhig und verschüttete etwas von seinem Tee. Ich nahm einen Schluck aus meiner Tasse und fixierte ihn, wie es Hansen mir vormachte. Der zückte ein überdimensionales Wattestäbchen aus seinem Jackett und hielt es dann auffordernd in die Luft.

»Dürften wir bitten?«

Hecht schnalzte einmal mit der Zunge, blähte die Backen auf und öffnete dann seine breiten Kiefer, um Hansen einen Abstrich machen zu lassen.

»Danke«, sagte Hansen trocken und steckte das Stäbchen in eine kleine Plastiktüte. »Herr Hecht, Sie hören von uns. Bis dahin verlassen Sie Wismar unter keinen Umständen.«

Hansen stand auf, wir taten es ihm gleich. Hecht wusste nicht, wohin mit seinen schweißnassen Händen, und rieb sie sich an den Oberschenkeln ab.

»Falls Sie es doch wagen, schreibe ich Sie zur Fahndung aus«, fügte Hansen hinzu. »Ist das klar?«

»Verstanden!«, bestätigte Hecht kleinmütig, um sogleich trotzig hinzuzufügen: »Ich hab nichts zu verbergen. Meine Herren!«

Er wollte uns die Hand geben, wir gingen ohne Gruß von Bord.

»Der lügt doch, der hat die gepoppt!«

Kubsch brachte es in seinem larmoyanten Tonfall als Erster ohne Umschweife auf den Punkt.

Und Hansen ergänzte: »Kann sein. Spätestens morgen wissen wir es besser.«

Zum Abschied richtete er sich noch einmal an mich.

»Und vergessen Sie nicht: Wir haben eine Abmachung.«

Ich versprach, uneingeschränkt zu kooperieren.

Mein Job war getan, der Tag war gelaufen, der nächste Artikel würde Montag erscheinen. Ich verabschiedete mich ins Wochenende mit der berühmten Reporterfloskel:

»Wir danken für dieses Gespräch.«

7

Sonntag, den 8. März

Der Sonntagvormittag stand ganz im Zeichen der Kirche, aber nicht weil die Wismarer Bürgerinnen und Bürger so über die Maßen gläubig wären. Die alte Hansestadt war protestantisch so wie alle Küstenstädte Norddeutschlands. Sie nannte drei bedeutende und stolze Kirchen ihr eigen, alle drei galten als Meisterwerke norddeutscher Backsteingotik und standen als prächtige Bauten im Zentrum Wismars, mitten in der Altstadt. Doch nur eine stand seit Anfang dieses Jahres auch im Blickpunkt der Öffentlichkeit.

Pastor Adalbert Petersen hatte jede Menge zu tun. Der Leichenfund an seiner Sankt Nikolaikirche unter den abgelegten Weihnachtsbäumen schlug in der Gemeinde seit Jahresbeginn hohe Wellen. Pastor Petersen spürte den Druck, einerseits musste er den verängstigten Schäfchen ihren altbewährten Pfad zu Gott weisen, andererseits durfte er nicht zu schnell zur Tagesordnung übergehen. Die Menschen in seiner Obhut hatten Angst vor einem Mörder, der selbst vor unserer Mutter Kirche nicht zurückschreckte. Die über die Festtage und den Jahreswechsel noch sehr gut gefüllten Holzbänke verwaisten in den Folgewochen mehr und mehr. Die Leute verloren den Glauben, der Pastor musste rasch reagieren.

Seit drei Wochen verfolgte er nun eine neue und von der evangelischen Landessynode in Schwerin abgesegnete Strategie in Sachen PR und Predigt. Pastor Petersen sah sich gezwungen, in der Stadt für seine Sache zu plakatieren, den Massenmedien regelmäßig Rede und Antwort zu stehen und ihre Organe im Sinne seines Hauses zu nutzen. Im Gottesdienst um zehn und in der mahnenden Messe um zwölf thematisierte er offensiv Tod, Schuld und Täter.

»In Österreich wird morgen der Inzestmörder Josef Fritzl

vor Gericht gestellt. Vor Gott ist jeder gleich, aber vor Gott erhält auch jeder seine gerechte Strafe.«

Adalbert Petersen stand auf seiner Kanzel und sprach zu den verunsicherten Anwohnern. Er wollte Mut machen und Vergebung predigen, klang dabei jedoch, als suche er die Schuldigen irgendwo da draußen, nur nicht im Kreise der eigenen Herde.

»Es gibt diese Menschen leider überall. Sklaverei, Vergewaltigung, Morde an wehrlosen Babys. Amstetten liegt nicht nur in Österreich. Amstetten klingt wie Emsdetten, und Winnenden ist so weit wie Wismar.«

Das Wortspiel ließ er für meinen Geschmack etwas zu lange nachwirken. Und nach der Pause für die Ewigkeit betonte er eindringlich:

»Und niemand werfe den ersten Stein! In jedem von uns steckt ein bisschen Fritzl!«

Das hatte sich natürlich verbreitet wie ein Lauffeuer. Die Kirchenbänke füllten sich wieder. Die Backsteingotik erstrahlte, erleuchtet durch die Zehntausend-Watt-Scheinwerfer des Norddeutschen Rundfunks, der nun jeden Sonntag für sein Drittes eine gute Quote witterte.

Die eine Hälfte der Besucher waren Journalisten, Polizisten und andere Neugierige, die andere Hälfte Verdächtige und Verdächtigende. Ich saß mittendrin und schaute mir das Spektakel in aller Ruhe an.

Die harten Holzbänke hatten aus der reichen Hansezeit kleine Metallbeschläge, auf denen die angesehenen Bürger und Fischer damals per Gravur ihr Anrecht auf einen Stammplatz geltend machten. Nicht von ungefähr wurde die Nikolaikirche auch Kirche der Seefahrer genannt. Da standen auf den Schildchen die Ahnen der Stadt: von Bobzien und Lehmkuhl über Kronkorks Erben, der Schiffer-Compagnie bis zur Familie Zander.

Heute hockten Menschen mit anderen Namen vor den Metallschildern. Die total unschuldige Wismaraner Gesellschaft, trotz mächtig schwankender Planken wie in einem Boot friedfertig vereint.

Lotte Nannsen saß wie immer mit schwarzem Kopftuch in der ersten Reihe, sie hatte ihren Stammplatz direkt vor der Kanzel, seitdem ihr Mann auf hoher See unter mysteriösen Umständen verschwunden war – Gott hab ihn selig.

Der Wirt vom »Pour La Mère« ging eigentlich nie in die Kirche. Nun rutschte Carsten Kracht in einer der hinteren Seitenbänke unruhig hin und her, kratzte sich an der Glatze und glotzte nervös in die Runde.

Der Küstencasanova fläzte sich in der letzten äußeren Reihe, auch er ließ es sich trotz durchzechter, wilder Nacht nicht nehmen, am Sonntagmittag mit ganz heißem, blondiertem Feger die Unschuld vom Lande zu mimen. Gunnar Hecht hatte sich die Haare zum Zopf gebunden, vielleicht so etwas wie eine Reminiszenz an den letzten Kirchgang in Kindertagen.

Kubsch kauerte auf einem Hocker auf der anderen Seite des Gangs. Waren die Bänke so proppenvoll wie heute, holte der Küster die Hocker von der Empore, auf denen sonst zu Weihnachten der Kinderchor ruhte.

Evi Mahlzan saß allein schräg vor mir und ganz in Schwarz gekleidet. Die zweiundfünfzigjährige Frau meines Chefs sah in ihrer würdevollen, jedoch gedrückten Stimmung wie die Angehörige eines Opfers aus und vergoss während der Predigt von Pastor Petersen hier und da sogar eine Träne.

Ihr Mann habe zu tun, hatte sie mir zur Begrüßung vor dem Kirchenportal im Tonfall der tiefsten Überzeugung erklärt.

Ich wusste nur eins: Am Sonntag war die Redaktion so menschenleer wie die Nikolaikirche beim letztjährigen Entscheidungsspiel vom SC Ankerwinde Wismar zum Aufstieg in die Oberliga Nordost. Knapp zwanzig Spiele später standen unsere Kicker nun vor dem sang- und klanglosen Wiederabstieg. Da half auch kein Beten und kein Flehen um höheren Beistand.

Malle saß im Vorstand und deshalb offiziell ab zwölf Uhr im Vereinsheim, um seinem Team wie jeden Sonntag in der schlimmsten aller denkbaren Situationen beizustehen. Seine

Solidarität war jedoch reine Makulatur. In Wahrheit fuhr er im Porsche mit der schnellen Eva ins Spielcasino nach Heiligendamm und später für ein Stündchen ins Hotel Seemöwe in Kühlungsborn.

Familie Möller hatte sich links vorn eingereiht. Christine sah einmal mehr verführerisch schön aus. Die kleine Nele hockte zappelnd auf Papas Schoß. Also waren Mutter und Tochter doch schon viel früher von der Oma aus Mestlin zurückgekommen.

Sogar die Hannemann war anwesend. Sie tauchte seit letztem Samstag überall dort auf, wo die Presse zugegen war. Sie wollte das Ruder nicht aus der Hand geben, eine reine Vorsichtsmaßnahme unserer blitzgescheiten Bürgermeisterin.

Raimund Tomsen war mit seinem Sohn Ture gekommen, der wieder einmal aussah, als wäre er nach einer langen Nacht am Ziegenmarkt auf dem Heimweg geradewegs in die Arme seines Vaters getorkelt. Die Leute tuschelten, das wusste Tomsen. Genau deshalb saß er kerzengerade mitten in der Menschenmenge und verlangte das auch von seinem Jungen.

Hanna Hansen hatte sich am Arm ihres Sohnes Olaf eingehakt, sie schien nicht mehr ganz so flink, sodass sie etwas spät eintrafen, langsam, aber aufrecht durch den Mittelgang schritten, um sich gleich links neben mich zu setzen. Ich grüßte kurz, und Hanna Hansen lächelte sympathisch zurück.

Der Einzige, der meines Erachtens hier fehlte, war mein Kollege Franz Pickrot. Merkwürdig, denn ein solcher Gedenkgottesdienst hatte es von den Motiven her in sich. Vielleicht saß er aber auch hoch oben hinter den Orgelpfeifen, mit neuem Teleobjektiv und einem Auge am Sucher, oder stöberte dort gerade wieder in seinem neuesten Pornoheft.

In Sichtlinie klebte auf der Kanzel ein Meer bunter Mikrofon-Schaumstoffbällchen direkt unter der Nase von Pastor Petersen. Bei dem Aufgebot dürfte sogar Ilse Hannemann neidisch geworden sein: natürlich der NDR, angereist mit Fernsehteams aus drei Funkhäusern (Schwerin, Hamburg und sogar aus Kiel), des weiteren FiSCH-TV, Antenne Sputnik und

Welle Meckpomm, Action-News von RTL2, Deutsche Welle Polen, die üblichen Vierundzwanzig-Stunden-Nachrichtenkanäle, das heimische Wismar TV und mittendrin der grelle japanische Poppschutz der Urawara Bandits.

Der Pastor zeigte sich gerade mit dem ersten Teil seiner Rede zufrieden und wollte zum gemeinsamen Gebet für die Seelen der Opfer und der Hinterbliebenen bitten, da klopfte mir jemand von hinten jovial-kameradschaftlich auf die Schulter. Erwartungsvoll drehte ich mich um und hatte schon die krachende Faust von Carsten Kracht im Gesicht.

»Du Schwein!«, schrie er. »Du Schwein wagst dich hierher! Du falsche Schlange! Hockst da wie ein Lamm! Wie ein Lamm!«

Olaf Hansen ging als Erster dazwischen, er drehte Kracht prompt den Arm auf den Rücken, bis der schrie wie am Spieß. Mir floss Blut aus der Nase, das zu allem Überfluss aufs Wildleder tropfte, das schöne Stück! Ich glaubte sofort, dass die Nase gebrochen war.

Die Unruhe in der Kirche war unüberhörbar, ein totales Durcheinander, es hallte und sauste in meinen Gehörgängen. Kubsch trat herbei und unterstützte seinen Chef. Die Fernsehkameras drehten sich ein, der Pastor rief uns irgendetwas von der Kanzel zu. Blitzlichter erhellten die Botschaft seiner Andacht, zerschnitten das gedämpfte Kirchenlicht und machten die Protagonisten vorübergehend blind.

»Der ist schlimmer als ein Mörder! Viel schlimmer!«, rief der Wirt wutentbrannt, bevor Hansen und Kubsch ihn gewaltsam zum Ausgang beförderten.

»Halt die Klappe, Kracht!«, hörte ich den Kommissar noch sagen.

Tomsen kam mir zur Hilfe und drückte mir ein Taschentuch unter den knirschenden Nasenknorpel. Scheiße aber auch, war das Einzige, was ich in diesem Moment an Gedanken zustande brachte. Der Wirt vom »Pour La Mère« hatte mich übertölpelt, seine Wut über meinen Artikel und seine deutliche Drohung waren schon verdrängt gewesen. Meine Nase oder das, was davon übrig schien, schmerzte höllisch. Klassischer Knock-out.

Mir wurde schwarz vor Augen, und ich schleppte mich langsam zum Seitenausgang, mein Kollege Tomsen führte mich. Es tat gut, in diesem Gefühl der Ohnmacht und tiefster Scham einen verlässlichen Freund neben sich zu wissen.

Auf dem Kirchenvorplatz unter der hohen kahlen Linde standen viele Touristen und Gaffer, die drinnen keinen Hocker mehr ergattert hatten.

Ich schnaubte und schnaufte durch und tupfte meine Nase trocken. Die großen Übertragungswagen mit ihrem technischen Klimbim umlagerten den Kirchhof.

Direkt unter dem Hauptportal hielt der miese Schläger Kracht seinen Bollerkopf in die Kamera des japanischen Fernsehens und schimpfte weiter ohne Unterlass.

Hansen und Kubsch hatten sich davongemacht und ließen ihm und seinem Irrsinn freien Lauf. Ehrlich, mich kotzte das an.

Als der Wirt mich erblickte, ballte er drohend die Faust. Ich zeigte ihm den Effe-Finger.

»Du Denunziant!«, schimpfte er brüllend und bewegte sich trotz hartnäckigem japanischem Ballast auf mich zu. Mir war ganz und gar nicht nach Rückzug, der Knallkopf sollte sich ruhig blamieren. Der Urawara-Moderator hing Kracht kreischend am Hals und wollte ihn während des Interviews nicht gehen lassen. Tomsen hielt mich quasi auf der anderen Seite der Front am Rücken meiner Jacke fest, und doch standen Kracht und ich uns wenige Sekunden später drohend Auge in Auge gegenüber.

»Was willst du dicke Schwuchtel von mir?«

»Die Kakerlaken in meinem Keller! Dafür verfluche ich dich! Verfluche ich dich den Rest meines Lebens!«

Endlich. Also darum ging es ihm, das war die alte offene Rechnung, die wieder präsentiert werden musste, und das im Kielwasser der Wismarer Leichen.

Ich hatte einmal eine Reportage über die mehr als bedenklichen Hygieneverhältnisse in unseren Wismarer Imbissbuden und Gasthöfen geschrieben. Dabei waren, ganz zufällig, im »Pour La Mère« besagte Käfer aufgetaucht. Eine krasse Meldung für den Wirt und folgenschwer. Fast vier Wochen lang schloss das Umweltamt das Lebensmittellager im Keller und auch seine Küche.

»Mann! Das ist drei Jahre her!«

»Und?«

»Das ist nachtragend.«

»Scheiße! Das war schon einmal fast mein Ruin! Mein Ruin!«, knurrte Kracht direkt in die ultraleichte Urawara-Kamera, als ob er dort Unterstützung finden könnte.

Die japanischen Zuschauer würden sich mit Seetangsüppchen und Sushi bei diesem Klamauk höchstwahrscheinlich auf die Schenkel klopfen, dachte ich noch, als der immerhin sechzigjährige Kracht erneut ernsthaft mit den Fäusten wild zu fuchteln anfing. Ihm war in dieser Situation seine frühe kriminelle Jugend durchaus anzumerken.

Raimund Tomsen und der kleine Kameramann aus dem fernen Osten wirbelten hektisch zwischen uns Kampfhähnen herum, der eine, um die Eskalation zu verhindern, der andere, wer will es ihm verübeln, um sie digital zu verarbeiten.

Plötzlich klangen mir die schlichten Worte von Manni Kemmann in den Ohren: Man müsse kraftvoll schlitzen, sonst habe das gar keinen praktischen Nutzwert.

Ich holte tief Luft und atmete mächtig aus und traf Suppenkasper Kracht mit einer krachenden Rechten direkt an der Schläfe. Er sackte wie ein Mehlsack zusammen und jammerte am Boden liegend wie ein Waschlappen. Ein Feind mehr fürs Leben, das war klar.

Die Freunde aus dem Land der aufgehenden Sonne filmten, was ihre neueste Technik hergab. Der überdrehte Moderator hopste wie ein Flummi auf und ab und schrie enthusiastisch so etwas wie:

»Andi Hug! Leik Andi Hug! Leik folmel Wölt-Schämp Andi Hug!«

Ich wusste, die Asiaten konnten sich für Vollkontakt-Karate irrsinnig begeistern. Aber ehrlich: Keine Ahnung, was er tatsächlich meinte.

Ich fragte mich in diesem Moment nur eins: Wo steckte an diesem Sonntag eigentlich der Freigänger Manni Kemmann?

***

Der Sonntag in Wismar wurde im Kielwasser der Frauenmorde nicht nur zum Tag des Kirchgangs, sondern zuallererst ein Nachmittag zum intensiven Grübeln, erhitzten Diskutieren und wilden Spekulieren. Wer in die Kaffeestuben und Wirtshäuser rund um den historischen Markt hineinhörte, konnte Zeuge eines neuen Gesellschaftsspiels werden.

Schon seit den alten Schweden war der Marktplatz mit zehntausend Quadratmeter Fläche einer der größten Europas. Bauern, Handwerker und Fischer boten ihre Waren an, und der Menschenauflauf wurde genutzt, um die Gerüchteküche brodeln zu lassen. Heute nutzte man nur mehr einen Teilbereich dieses imposanten Areals und das nur zweimal pro Woche für einen sogenannten Markttag, auf dem neben Gemüse und Wurst auch Socken und Schlüpfer verhökert wurden, ansonsten dämmerte sein schiefes Pflaster idyllisch vor sich hin.

Nun aber erblühte hier seit einigen Wochen überraschend neues Leben, vor allem in den Gaststätten, aber auch um die sogenannte Wismarer Wasserkunst herum, einen zwölfeckigen Pavillon am südöstlichen Rande des Marktplatzes. Im sechzehnten Jahrhundert wurde er liebevoll aus Kalkstein gefertigt, gekrönt von einer kupfernen Haube. Einst das zentrale Wasserreservoir der Stadt, diente das hübsche Bauwerk heute als Treffpunkt für Verliebte oder noch häufiger als touristisches Motiv für so manches Familienalbum.

Aus Neugier, Angst oder Scham entstand um die Wasserkunst herum eine profane Mixtur aus Schnitzeljagd und Räuber-und-Gendarm-Spiel. Die Lokalitäten in den angrenzenden und beeindruckenden Hanse-Häusern wie der Alte

Schwede, das Reuterhaus oder die Schwedenwache platzten aus allen Nähten. Bei Kaffee und Kuchen oder bei Fisch und Bier traf man sich, um den Serienmord gemeinschaftlich aufzuklären.

Das Ganze geschah natürlich unter den gestrengen Augen der Kommandantur, das heißt einer Handvoll Polizisten im ersten Stockwerk des sogenannten früheren Hauses des schwedischen Stadtkommandanten. Denn am südlichen Kopfende des Platzes, wo einst die schwedischen Offiziere logierten, denen das Gebäude seinen militärischen Namen verdankte, da beherbergte heute die Kommandantur im Erdgeschoss die Bank vom Ackermann und darüber die Wismarer Polizeiwache mit den Kriminalbeamten Hansen und Kubsch.

Für einen Journalisten war diese Gesamtkomposition am alten Markt ein gefundenes Fressen, weil sie eine schier übersprudelnde Quelle hanebüchener Informationen darstellte.

Wenn dem neutralen Betrachter nicht bewusst gewesen wäre, dass der schwerwiegende Hintergrund dieser hochkommunikativen Versammlungen die Suche nach einem eiskalten Serienkiller war, hätte er annehmen können, die Menschen in Wismar spielten »Fang die Maus«.

In diesem Moment öffnete sich im Fischrestaurant »Zum Falschen Seehasen« die schwere hölzerne Eingangstür, und ebenjener Manfred Kemmann stolzierte an der Seite seiner Göttergattin Grit Schiffer herein. Die schwer diskutierende Menge, an Tischen und Tresen verteilt, verstummte schlagartig. Tomsen stupste mich unnötigerweise an. Ich hatte trotz schmerzender und geschwollener Nase die beiden illustren Gäste schon im Visier.

Ein merkwürdiges Pärchen! Die Schiffer war mindestens einen Kopf größer als Manni, schlank und drahtig, ihre blonde Dauerwelle trug sie am Hinterkopf zusammengeknotet. Sie machte einen fitten und energischen Eindruck. Sie war lässig gekleidet: Ihre abgewetzte Markenjeans steckte in kniehohen weißen Lederstiefeln, mit deren beschlagenen Pfennigabsätzen sie ein Stakkato auf den ehrwürdigen Holzboden schlug. Den kurzen Hermelinmantel ließ sie, als sich ihr genügend Männerblicke zugewandt hatten, lässig von den Schultern gleiten. So stellte ich mir eine echte norddeutsche Deern und keinen Berufsfischer vor.

Manni lief dagegen herum wie einer, der im Fürstenhof zu Hause war, was er in gewisser Weise, wie es fast alle hier anwesenden Leute von ihm wussten, auch seit zwanzig Monaten war – in einer abgetragenen blauen Latzhose und einem schäbigen olivgrünen Parka. Ein graufleckiges Muskelshirt, das darunter zum Vorschein kam, betonte zwar seine tätowierten, trainierten Oberarme, wölbte sich aber auch weniger elegant über seinen stolzen Schmerbauch, der unter dem engen Latz wie eine berstende Zeitbombe spannte.

Manni und Grit setzten sich auf die letzten beiden freien Hocker am Tresen und bestellten zwei Gedecke, das hieß im »Falschen Seehasen« zwei Lübzer Bier und zwei Küstennebel.

Die Gäste begannen zwar ihre Gespräche fortzuführen, nur klang alles merklich gedämpfter und angespannter. Das Einzige, was ich deutlich vernahm, war der schrille Kommentar von einer Zicke an unserem Nachbartisch.

»Wo hatten die den Marder her?«

Keine Ahnung, was sie damit meinte. Aber wer sie dabei ansah, wusste, das war bestimmt gemein gemeint.

Das Paar prostete sich zu und bemerkte von Beginn an die nervöse Stimmung im Lokal. Messer-Manni sah sich wie ein von der Meute gehetzter Fuchs pausenlos um. Er kippte seinen Küstennebel und polterte plötzlich los:

»Was ist los? Hat es euch die Laune verhagelt?«

»Hör auf, Manni!«, reagierte Grit Schiffer schroff.

»Wieso? Ich will nur, dass die piekfeinen Damen und Herren nett plauschen. Wie wär's mit dem Thema zum Sonntag: Knastbruder Kemmann! Über den redet ihr doch besonders gerne, oder etwa nicht?«

Messer-Manni fühlte sich gereizt, und das war keine gesunde Gefühlslage für einen Freigänger. Zum Glück hatte er keine Sicht auf unseren Tisch, die Anwesenheit der Presse wäre wahrscheinlich Wasser auf seine Mühlen gewesen. Aber auch so begann er langsam am Rad zu drehen.

»Setzen Sie sich hin, trinken Sie Ihr Bier und beruhigen Sie sich«, versuchte der Wirt hinter dem Tresen zu schlichten.

»Ich sag's einmal und dann nie wieder: Ihr könnt euch einen anderen Mörder suchen! Ich war's nicht, und ich werde so was auch nie tun! Basta!«

Um einen der Tische, an dem ausschließlich dümmlich dreinblickende jüngere Männer saßen, entstand Unruhe. Sie tranken ihre Biergläser aus und wollten auf der Stelle zahlen und gehen.

»Du bist doch der Messerstecher!«, ließ sich einer der Halbstarken zu einer etwas vorlauten Bemerkung hinreißen.

Ein Kräftiger mit Glatze und Springerstiefeln ergänzte: »Wir trinken nicht zusammen mit einem Mörder!«

Die Zicke von nebenan stand leicht wankend auf und mischte sich schon wieder ein.

»Mardertöter!«, schrie sie durch das Lokal. Sie war offensichtlich betrunken und fügte sabbernd hinzu: »Du sollst dich wat schämen!«

Das war irgendwie an die Adresse von der Schiffer gerichtet.

Einer mit öligem Seitenscheitel von dem Tisch der Debilen spitzte es noch drastischer zu: »Entweder er oder wir!«

Manni Kemmann baute sich vor dem Tisch der insgesamt fünf Widersacher auf. Die untergehende Sonne auf seiner tätowierten Stirn glühte in diesem Moment noch ein wenig feuriger als in seiner gewohnten Umgebung im lichtarmen Fürstenhof.

»Was wollt ihr von mir? Zucht und Ordnung in der Fresse! Dabei kann genauso gut einer von euch der Frauenmörder sein!«

Die Glatze machte ein beleidigtes Gesicht und schubste Manni, der keilte sofort aus, und schon hatten wir eine handfeste Prügelei, in der sich auch etliche Tischnachbarn ganz ungezwungen durch flinke Links-rechts-Kombinationen mit einbrachten.

Mitten im Tumult entdeckte mich Messer-Manni für einen kurzen Augenaufschlag, es reichte, um mir böse mit dem Mittelfinger zu drohen. Tische krachten, Stühle flogen, von irgendwoher sauste ein Bierkrug genau in meine eh schon ramponierte Visage. Hölle – tat das weh! Die Nase war definitiv hin. Ich wischte mir mit dem Jackenärmel übers Gesicht. Blut war wie Wein, das ging aus dem Stoff garantiert nicht mehr raus.

Die Zicke vom Nachbartisch hatte sich wieder hingesetzt und lachte wie irre. Von Raimund Tomsen sah und hörte ich nichts. Später erfuhr ich, dass er sich bei dem Durcheinander durch das Toilettenfenster aus dem Staub gemacht hatte.

Die Keilerei zwischen einem guten Dutzend kräftiger norddeutscher Hohlschädel dauerte vielleicht eine knappe Viertelstunde. Das reichte, um den »Falschen Seehasen« in seine kläglichen Bestandteile zu zerlegen. Der Wirt tat mir leid.

Manni kam buchstäblich mit einem blauen Auge davon, seine Grit hatte ihn rechtzeitig aus dem Verkehr gezogen. So sammelte die Polizei am Ende des Getöses nur drei der fünf jungen Halbstarken ein. Damit hatten die Ordnungsmacht und vor allem auch der arme Wirt die Schuldigen gefunden.

»Große Klappe, nichts dahinter!«

Trotz meiner erheblichen Kopfschmerzen konnte ich mir den Kommentar in Richtung der drei Dummköpfe nicht ersparen. Sie wurden abgeführt.

»Und Sie?«, fragte der wachhabende Polizeimeister.

»Presse!« Ich zückte meinen Journalistenausweis, und das Thema war durch.

»Immer mittenmang, wat!« Der Polizist kam unüberhörbar von hier. Da kroch die betrunkene Zicke unter dem Tisch hervor, lachte immer noch wie irre und schlang von hinten ihre Arme um meinen Hals.

»Presse!«, schrie sie mir mit ihrem fiesen Mundgeruch mitten ins Gesicht, um fast schon hysterisch zu jubeln: »Ich kenn dich! Du bist der Norbert vom BLICK! Und ich weiß, wer der Mardermörder is …«

Ich riss mich los und verschwand auf Nimmerwiedersehen.

Bis zur Wiedereröffnung des Fischrestaurants sollten fast zwei Wochen vergehen. Wie mir Tomsen später berichtete, hing dennoch etwa einen Monat danach ein Schild an der hölzernen Eingangstür: »Wegen Geschäftsaufgabe geschlossen!«

Der Wirt hatte sich beim Abschluss seiner Versicherung knauserig gezeigt oder war einfach (wie so viele in der Wendezeit) über den Tisch gezogen worden. Die drei verhafteten Halbstarken waren jedenfalls alle arbeits- und somit mittellos. Der Kredit für die notwendige Renovierung brach dem »Falschen Seehasen« das Genick.

Nicht dass Prügeleien dieser Art in Wismar an der Tagesordnung wären. Es war nur ein untrügliches Zeichen, dass bei dem männlichen Teil der Bevölkerung die Nerven blank lagen.

Der Norddeutsche ist ja an sich ein Gemütsmensch, und einen geborenen Mecklenburger konnte schon gar nichts aus der Ruhe bringen. Trampelte man ihm jedoch ohne Unterlass und über einen zu langen Zeitraum auf den Nervenenden herum und war darüber hinaus aus seiner Perspektive nirgends ein Ende in Sicht, dann konnte auch er ungemütlich bis barsch werden.

Vor der Wasserkunst am Marktplatz wartete mein Fahrrad, irgendjemand hatte die Luft aus dem Hinterreifen gelassen. Bei näherer Betrachtung stellte sich heraus, dass dieser Jemand kurzen Prozess gemacht hatte. Der Mantel war aufgeschlitzt. Auf seiner Flucht aus dem »Falschen Seehasen« hatte Messer-Manni kurzerhand ganze Arbeit geleistet. Ohne wirklich zu wissen, wem das Rad gehörte, hatte er aus seiner Sicht der Dinge das intuitiv Richtige getan. Die Rache des kleinen Mannes konnte von erschreckender Logik sein.

Den kunstvoll geschmückten Pavillon, der einst die städtische Trinkwasserversorgung sicherte, zierten außen zwei Bronzefiguren, Nix und Nixe genannt. Aus ihnen sprudelte zwar kein Trinkwasser mehr, aber immerhin kühlendes Nass, das ich mit der hohlen Hand auffing, um mir damit das Blut aus meinem Gesicht zu waschen.

Vor der Bronzenixe kniend, spürte ich plötzlich, heute bereits das dritte Mal, eine Hand auf meiner Schulter. Nichts Gutes ahnend blinzelte ich nach oben und sah zu meinem Erstaunen und zu meiner tiefen Freude in das liebenswerte Lächeln von Christine Möller.

»Moin, Herr Strauß. Was machen Sie denn da? Mein Gott! Sie hat es ja ganz übel erwischt!«

Ihre süße kleine Tochter Nele versteckte sich verschämt hinter Mamas langen Beinen.

»Halb so wild!«, hauchte ich, dabei wusste ich es besser.

»Ich hab's Ihnen gesagt: Sie leben zu gefährlich!«

»Wollten Sie nicht übers Wochenende bei der Oma sein?«

»Wir sind heute früh schon zurück.« Sie versuchte zwar trotz des schlimmen Anblicks locker zu bleiben, ich merkte aber wie schon am Freitag am Bahnhofskiosk eine irritierende Anspannung in der hübschen Physiognomie.

»Die Leute sind ja derzeit alle außer Rand und Band«, versuchte ich ein Gespräch zu beginnen. »Da fällt bald jeder über jeden her.«

»Wem sagen Sie das.«

Komische Antwort, dachte ich noch, da hatte sie schon ein Taschentuch mit Wasser getränkt und betupfte meine dicke Nase. Das war schön.

»Alles halb so wild«, wiederholte ich ein wenig ungeschickt und schaute in ihre grünen Augen.

Als ob sie einen siebten Sinn hätte, reichte die kleine Nele mir ihre Trinkflasche. Mir klebte die Zunge am Gaumen. Ich saugte einen kräftigen Schluck Fencheltee aus ihrem Nuckelfläschen. Ihre hübsche Mama beugte sich über mich und säuberte mit dem Taschentuch meine Blessuren. Katzenaugen!

»Wow!«

»Wie bitte?«, fragte sie hauchend und tupfte weiter.

Diese Frau zog mich magisch an. Das hatte ich schon während des Gesprächs mit ihrem Ehemann auf Poel gespürt und auch bei unserer Begegnung am Bahnhof. Rote Haare, grüne Augen und vor allem Sommersprossen sind des Teufels Artgenossen.

»Kommen Sie! Wir müssen das untersuchen lassen. Ich bin mit dem Wagen da, wir fahren Sie ins Krankenhaus.«

»Haben Sie Ihr Auto endlich wieder?« Dümmeres hätte mir wirklich nicht einfallen können, aber sie lächelte.

Ohne jeden Widerstand ließ ich mich von ihr abschleppen. Wunschdenken. Denn ganz so weit waren wir doch noch nicht. Aber vielleicht war es zum gegenwärtigen Zeitpunkt und bei meinem derzeitigen Aussehen nicht das Klügste, auf das unmoralische Angebot dieser Klassebraut beziehungsweise der Noch-Ehefrau eines Fast-Kollegen einzugehen.

Auf dem Weg zum Krankenhaus schwiegen wir uns an. Doch selbst Töchterchen Nele traute dieser Ruhe nicht. Im Gegenteil: Unsere flatterhaften Blicke, die sich wie auf einem einsamen Highway irgendwo in der Gluthitze zwischen New Mexico und Arizona kreuzten, brachten uns in Zeitlupe und mich mit Fieberwahn direkt in die Notaufnahme des Hanse-Klinikums Friedenshof.

Der Rest des Tages lag nicht mehr in meiner Macht.

8

Montag, den 9. März

Der Anruf traf mich ins Mark. Ich wusste, dass ich mit meinen Recherchen und meiner Tagebuchreportage nicht allein Lob, sondern auch viel Kritik, sogar Pöbeleien und physische Übergriffe provoziert hatte. Aber einen Anruf des Mörders zu erhalten, das war nun doch ein ganz anderes Kaliber.

Als das Telefon in meiner Dachgeschosswohnung in der Mühlengrube klingelte und ich mich zwischen Kaffee und Honigbrötchen aufgrund der frühen Störung etwas genervt meldete, hörte ich zuerst nur ein tiefes Atmen, als würde auf der anderen Seite der Leitung jemand abwarten, um sicherzugehen, dass ich allein war, sodass er nicht die Anwesenheit eines unbekannten Mithörers riskieren musste.

Anfangs dachte ich sofort an Messer-Manni, dann an Pike, von dem ich ungewöhnlicherweise jetzt schon fast zwei Tage nichts mehr gehört hatte. Dann hatte die Stimme eine Tiefe wie die von Gunnar Hecht. Aber irgendetwas flüsterte mir ins Ohr, das stimmte so nicht, das war niemand, den ich kannte.

Die Stimme klang rau wie Sandpapier, gleichzeitig glucksend und öfter unterbrochen von einem irren Lachen. Vielleicht der Möwenkopf-Mann, wenn der denn überhaupt richtig reden konnte. Das Angebot, das mir unterbreitet wurde, hatte es jedenfalls in sich.

Jetzt saß ich in der Redaktion zusammen mit Mahlzan und Tomsen, und wir besprachen mögliche Reaktionen. Man konnte zur Polizei oder direkt zu Hansen gehen, und die Story war dahin. Man konnte auf das Angebot des Anrufers eingehen, und wir hatten journalistisches TNT in der Hand. Vielleicht war aber auch alles nur eine Falle, die der Mörder oder ein Trittbrettfahrer uns vom OSTSEE-BLICK stellen wollte.

»Der Mann wirkte dann plötzlich sehr kühl und distanziert«, wiederholte ich vor Mahlzan und Tomsen zum x-ten Mal den Ablauf des Telefonats. Er fühle sich falsch verstanden. Er habe die Wörter »Richtigstellung« und »Fakten« und »Wahrheitsliebe« gewählt und eindringlich betont.

»Das klingt doch wieder nach diesem Wirt.«

Malle war sich unsicher. Tomsen schüttelte den Kopf.

»Der Kracht ist zu blöd im Kopf, der faselt nichts von Fakten und Liebe zur Wahrheit.«

»Stimmt. Der drischt lieber drauflos.«

Meine Nase sah schlimm ramponiert aus.

Die Ärzte im Friedenshof hatten gestern alle Hände voll zu tun gehabt, sie einigermaßen zu richten. Christine Möller und ihre Nele waren während der ganzen Behandlungszeit nicht von meiner Seite gewichen. Selten hatte ich eine solche Fürsorge, gepaart mit Attraktivität, erlebt. Und wir hatten uns klammheimlich für einen der kommenden Abende fest verabredet! Die ging ganz schön ran, die hübsche Mutti. Der Schmerz einer gebrochenen Nase war zu vernachlässigen, gemessen an der Größe dieses Moments.

Die Ärzte hatten ihre Arbeit auch nicht schlecht gemacht. Ich trug jetzt einen Kunststoffnasenschutz, gehalten von drei Klebestreifen, die mir bis über die Wangen reichten.

Der Chef lachte lauthals, als ich am Morgen durch die Redaktionsräume schlich. Auch die schnelle Eva konnte eine gewisse Schadenfreude nicht verbergen. Ich sähe aus wie der Typ in »Chinatown«.

Ich nahm es ziemlich gelassen. Immerhin, nach zwei Schlägereien noch Jack Nicholson zu ähneln und dabei meiner persönlichen Faye Dunaway begegnet zu sein, das war nicht die schlechteste Perspektive für die nächsten Tage.

»Hast du ihn gefragt, woher er überhaupt deine Nummer hat?«, wollte Tomsen wissen.

»Nein, hab ich nicht«, antwortete ich wahrheitsgemäß. »Aber eigentlich steht die einfach so im Telefonbuch.«

»Schlimmer Fehler, soll man nicht machen.«

»Vielleicht nur eine Finte vom Kracht.« Der Chef ließ nicht locker, der wollte dem Braten nicht trauen.

Der Mann habe einen Vorschlag gemacht, rekapitulierte ich weiter, ein Treffen unter vier Augen. Er und sein Ghostwriter.

»Nur wir zwei!«

Dann hätte ich ihn plötzlich wieder kichern gehört. Nicht normal, irgendwie verrückt. Egal. Die Vorstellung hatte einen enormen Reiz: ein Exklusivinterview mit dem Mörder von Wismar. Da würde die Auflage in den siebten Pressehimmel schießen.

Da hingen Verwertungsrechte dran für Funk, Film und Fernsehen. Und das nicht nur national, sondern gleich global und international. Das konnte Millionen einbringen, stand auf Malles Stirn geschrieben. Der bekam bei solchen Gedankenspielen eine ganz ungesunde Hautfarbe und kleine rote Quaddeln an Hals und Gesicht.

»Hat er denn zugegeben, sie umgebracht zu haben?«, wollte Tomsen wissen.

»Ich hab ihn gar nicht gefragt.«

»Wie, Nobbi? Du hast nicht gefragt, ob er der Mörder der vier Frauen ist?«

Malle wurde leicht ungehalten und murmelte etwas von Anfängerfehler und journalistischer Sorgfaltspflicht et cetera pp.

»Ich habe nicht nachgehakt, weil er mir etwas angeboten hat, was jeden Zweifel an seiner Identität im Keim erstickt.«

»Na, was?«

Die beiden rutschten unruhig hin und her.

»Nun sag schon!«

Sollten sie ruhig ein bisschen zappeln. Schließlich war ich hier der Mann an der Quelle. Malles Blick klebte mir an den Lippen, Tomsen stand mit einem Ruck auf und brüllte:

»In Gottes Namen! Spann uns nicht länger auf die Folter und spucke es endlich aus!«

»Doreen Stawowy ist nicht das dritte Todesopfer. Das Rotkehlchen in der Bademutterstraße ist in der Mordserie bereits die vierte Leiche. Demzufolge kann Imken Lehmann auch nicht das vierte Mordopfer sein. Die verblutete Blondine auf der Schweinsbrücke ist summa summarum bereits Leiche Nummer fünf. Das waren seine Worte!«

Mahlzan tupfte sich mit einem Taschentuch die Schweißtropfen von der Stirn. Tomsen schluckte hörbar.

»Es gibt also noch ein weiteres totes Fräulein!«, fuhr ich ungerührt fort. »Der Mörder meinte dann: Wenn sich der OSTSEE-BLICK zu einem klärenden und bindenden Exklusivinterview bereit zeige, dann sei sein Vorschlag, für das Gespräch den bislang unbekannten Ort des dritten Mordes als Treffpunkt auszuwählen!«

Man hätte die berühmte Stecknadel fallen hören. Ich hob wie zum Schwur meine rechte Hand und streckte drei Finger empor. Schade, dass Pike nicht dabei war. Das wären Motive.

Mahlzan fiel sein schweres Kinn hinunter. Tomsen kratzte sich am Kopf und glotzte gespannt wie ein Flitzebogen hektisch zwischen Malle und mir hin und her.

»Und die Leiche?«, fragte der Chef leise, als könnte jemand Fremdes sie ihm wegnehmen.

»Ich weiß nicht«, erwiderte ich ehrlich, »ich vermute, in der Nähe vom Tatort.«

»Natürlich, natürlich«, murmelte Malle.

»An dieser Stelle hat er wieder so irre gekichert.«

Dann zückte ich genüsslich mein zweites Ass aus dem Ärmel.

»Tja, und dann sagte er, bevor er auflegte, nur noch ein einziges weiteres Wort!«

Die beiden Gesichter vor mir wirkten vor lauter Anspannung schon ganz verkrampft. Tomsen bekam ein leichtes Zucken im linken Augenlid. Ich sammelte mich noch ein wenig, und dann hauchte ich ihnen zu:

»Lachsblut.«

Schweigen. Das war wie die Stille nach dem Schuss.

Zur Erklärung musste ich Mahlzan und Tomsen erst einmal in groben Zügen den Inhalt des Gespräches mit Kommissar

Hansen am Alten Hafen erzählen – vor allem die neuesten Erkenntnisse rund um das Fischblut in den Adern der toten Frauen inklusive todbringender Herzimplosion.

»Das ist ein Knaller!«, murmelte Tomsen noch etwas ungläubig.

Wenn er auch neidisch war, die Tragweite solcher Informationen aus allererster Hand musste er anerkennen.

Hansen, Möller, vielleicht Kubsch, die Forensiker, Schluss. Darüber hinaus konnte bis dato definitiv nur einer etwas vom injizierten Fischblut wissen: der Mörder selber!

Dennoch zeigte sich Gregor Mahlzan weiter vorsichtig.

»Lachsblut! Was soll das heißen? Gibt's denn so was überhaupt? Was meint denn der Anrufer damit? Das klingt mir doch sehr verworren. Und wir wissen eigentlich gar nichts über ihn.«

Er versuchte sich zu sammeln und begann nachdenklich die Strategie festzulegen.

»Es kann nach wie vor eine Falle sein. Es kann sich um einen faulen Witz handeln oder um einen Trittbrettfahrer, der sich wichtigmachen will. Es kann auch der komische Möwen-Kauz sein, dann wäre das alles wahrscheinlich nicht ganz ungefährlich. Aber solange wir keine weiteren gesicherten Erkenntnisse haben …«

Er unterbrach sich selber, um noch einmal gewissenhaft alles Gesagte abwägen zu können. Mir schwante Böses. Nach einer gefühlten vollen Minute erklärte er feierlich:

»… so lange halten wir die Polizei da raus. Er ist einfach nur ein Informant!«

Der Chef grinste, und uns Reportern fiel gemeinsam ein Stein vom Herzen.

»Als Informanten, und nur als solchen, werden wir ihn offiziell deklarieren. Einen Informanten muss niemand preisgeben. Wir nehmen sein Angebot an! Will er Geld?«

Auch danach hatte ich den großen Unbekannten nicht gefragt.

»Das war zur Abwechslung mal richtig«, flachste Mahlzan.

»Man soll nie anfangen, über Geld zu reden, wenn es nicht nötig ist.«

Und mit der Begeisterung eines Jägers, der die Wildsau im Fadenkreuz hat, fügte er voller Inbrunst hinzu:

»Nobbi! Du wirst auf seine Bedingungen vorbehaltlos eingehen, du wirst das Treffen arrangieren, du wirst die Fakten verarbeiten und die Story deines Lebens schreiben. Du wirst berühmt werden! Du wirst für den Henri-Nannen-Preis nominiert! Du kriegst dafür vielleicht sogar den Pulitzer-Pokal!«

Er begeisterte sich lauthals an sich selbst und flüsterte dann: »Aber, mein lieber Nobbi, du musst verstehen, dass die Sache jetzt eine Nummer zu groß für dich wird. Und dann deine Verletzung im Gesicht, du brauchst mal einen Tag Ruhe. Wie siehst du überhaupt aus? So geht das nicht! Da muss jemand mit Erfahrung und in Vertretung des gesamten OSTSEEBLICK zu diesem mysteriösen Treffen.«

Zur Abwechslung fiel mir das Kinn hinunter. Was sollte denn das? Ich zog hier den großen Fisch an Land, und der gnädige Herr wollte ihn jemand anderem servieren?

Raimund Tomsen warf sich sogleich in die Brust. Seine Auferstehung von den Archivleichen war gekommen. Er strahlte schon mit der Sonne seines zweiten Reporterfrühlings um die Wette, da schloss Malle seine Generalstrategie mit folgendem Befehl:

»Ich werde zum vereinbarten Treffpunkt mit dem vermeintlichen Mörder gehen!«

Ein Chef ist ein Chef ist ein Chef. Mir war auf der Stelle klar: keine Diskussionen, Widerrede zwecklos.

Tomsens Körperhaltung sackte wie ein Kartenhaus zusammen. Ich war mir sicher, er sah sich in diesem Moment bis an sein Lebensende im Archiv vermodern.

»Wann ruft er wieder an?«, wollte Malle nur noch wissen.

»High Noon!«, antwortete ich lakonisch.

»Komisch«, lautete seine Antwort.

»Wie bitte?«

»Du siehst komisch aus, Nobbi. Mit deiner schiefen Nase.«

Immer zu einem Spaß zu haben, der Chef.

»Du nimmst seinen Anruf entgegen, und danach lässt du dich einfach mal den Nachmittag krankschreiben. Schonung tut not!«, flüsterte Malle in mein Ohr, legte dazu kameradschaftlich seinen Arm um meine Schulter und geleitete mich so bis zu seiner Bürotür.

»Du gehst ja schon fast auf dem Zahnfleisch. Wir brauchen dich doch noch! Nobbi!«

Ich trollte mich zu meinem Schreibtisch und musste mir beim Gang durch sein Vorzimmer auch noch das Gackern einer jungen Henne gefallen lassen.

Das kam einem Ausbooten gleich. Ich war verständlicherweise sauer, dazu knurrte mir der Magen, ich hatte heute Morgen vor lauter Aufregung kaum etwas gefrühstückt. Es war jetzt kurz nach elf Uhr, keine Zeit für lange Ausflüge, höchstens für einen kleinen Imbiss in der Kantine oder eine schnelle scharfe Wurst bei Willi vom Eis-Moor. Um zwölf würde hier auf meinem Tisch das Telefon läuten, und anschließend würden mir die Früchte meines literarischen Schaffens unweigerlich aus den Händen gleiten. Das Tagebuch eines Mörders! Das Leben, und das war die Wahrheit, war ein einziger Beschiss.

In diesem Augenblick stürzte Franz Pickrot herein, schnappte sich seine Fototasche und brüllte mir zu, wenn ich eine neue gute Story wolle, solle ich sofort meine Sachen packen und mitkommen.

Ich wunderte mich schon einen Moment lang, wo der Pike so plötzlich herkam, doch seine Aussage übertünchte alles: Der Hecht sei weg, mit der Yacht auf der Ostsee Richtung Dänemark.

»Geile Nummer! Woher weißt du das?«

»Mein Spezi in der Polizeiwache hat mich angerufen. Hansen und Kubsch sind schon runter zum Hafen und wollen mit dem Polizeiboot die Verfolgung aufnehmen.«

»Scheiße noch einmal, das ist cool!«

Mein ganzer Frust über Mahlzan und die Tyrannei der Hierarchie war wie weggeblasen.

Ich rannte Pike hinterher und dachte noch, wenn der Hecht den Abgang macht, war vielleicht er der Mörder und somit auch der Anrufer. Ich hatte ja gleich so ein Gespür, dass das die Stimme von Gunnar Hecht hätte sein können. Und dann hätte sich das sowieso mit dem mysteriösen Anruf und dem Treff zwischen Malle und dem Mörder erledigt.

Also ab zum Hafen! Ganz nach dem Mecklenburger Anglermotto: Lieber den Hering im Boot als einen Lachs vor dem Tod.

***

Pike donnerte im Pick-up bis an die Kaimauer. Die meisten Möwen flogen panisch auf und kreischend ein paar Ehrenrunden. Lotte guckte verdutzt aus ihrer Kajüte, sie wickelte gerade Hansen ein paar belegte Brötchen als Wegverzehr ein. Der Kommissar stand mit Kubsch am Polizeiboot und staunte nicht schlecht, als ich mit Pike aus dem Mitsubishi sprang.

»Wir kommen mit. Eine Hand wäscht die andere.« Ich zwinkerte Hansen zu. »Oder spricht irgendetwas dagegen, Herr Oberkommissar?«

Er machte nur eine unwirsche Handbewegung, die besagen sollte: Nicht viel quatschen, alle Mann an Bord. Anker lichten. Leinen los.

Das Küstenstreifenboot »Dicke Auster« war entgegen seinem Taufnamen ein schlankes, schnelles Torpedoboot, das für unterschiedlichste Anliegen hauptsächlich in Küstennähe eingesetzt wurde. Zum einen diente es als Zollboot, wenn es galt, der polnischen Zigarettenmafia, die gern die Route Swinemünde (Polen) – Kloster (Hiddensee) – Kirchdorf (Insel Poel) – Marstal (Dänemark) abklapperte, das Handwerk zu legen. Da gingen dann schon mal bei spektakulären Verfolgungsjagden polnische Virginia-Tabake im Wert von mehreren zehntausend Euro über die Reling.

Zum anderen dienten regelmäßige Patrouillenfahrten in der Mecklenburger Bucht dem Fischereischutz. Tauchten technische oder witterungsbedingte Probleme bei den Fangtouren auf, war es die Besatzung der »Dicken Auster«, die schon manche Crew zwischen den Inseln Poel und Lolland bei schwerem Seegang vor dem sicheren Ertrinken gerettet hatte.

Und nicht zuletzt diente das Boot aufgrund seiner PS-Stärke dem raschen Einsatz für bundes- und landespolizeiliche Maßnahmen. Wie heute.

Die schnelle Eva hätte ihre wahre Freude gehabt, dachte ich noch lässig mit Pike und Kubsch die Bootspower am Bug bestaunend, als eine salzige Gischt volle Breitseite mein Gesicht und wieder mal meine teure Jacke erwischte.

Vor der Wismarer Seebrücke ging es zwischen zwei gewaltigen Pfählen hindurch, beide gekrönt von den barocken Schwedenköpfen, den wohl beliebtesten Wahrzeichen der Hansestadt, die hier quasi als Markierungsbojen die Hafeneinfahrt flankierten. Eine angemessenere Begrüßung für eintreffende Gäste, die unsere Stadt von der Seeseite her besuchten, hätte man sich kaum ausdenken können: Schließlich hatten abgeschlagene Köpfe, auf Pfähle gespießt, auch in Wismar weit über das Mittelalter hinaus Fremden allein zur Warnung und Abschreckung gedient.

Hinter den schwedischen Holzköpfen passierten wir die kleine Insel Walfisch und steuerten aus der Wismarer Bucht hinaus auf die offene See. Ein großer Schwarm Sturmmöwen versuchte uns unauffällig zu folgen, wahrscheinlich dachten die Gierhälse, dass wir zum Fischen hinausfuhren, was im weiteren Sinne ja durchaus der Wahrheit entsprach.

Doch das Wetter war alles andere als eine Einladung zum besinnlichen Sightseeingtrip. Der Himmel zeigte sein typisches Küstengrau, das am Horizont in bedenkliche Schwärze überging. Zudem hatte der aktuelle Seewetterbericht, wie Kubsch leider erst jetzt erklärte, Windstärke acht bis neun vorhergesagt, und das bedeutete für Landratten: »Fische füttern inklusive!«

»Warum habt ihr keinen Hubschrauber genommen?«, fragte Pike bescheiden. »Das wäre schneller gewesen und von den Motiven her noch spannender geworden.«

»Der Helikopter hätte aus Schwerin kommen müssen«, erwiderte Kubsch ohne Zögern, »die Zeit haben wir nicht.«

Ich wischte mir mit dem Ärmel das Salzwasser vom Gesicht. Hansens Assistent deutete auf meine Plastikverschalung, ich drückte deren Klebestreifen fester. Da fiel mir erst auf, dass mich Pike bis jetzt gar nicht nach meiner Aufmachung und dem Verlauf der letzten zwei Tage gefragt hatte.

»Ich war dabei«, sagte er geheimnisvoll, »ich saß versteckt in der Nikolaikirche hinter dem Sandsteinsarkophag der Johanna von Friesen und hab die ganze Chose abgeschossen.«

Ich staunte nicht schlecht, der Sarg aus dem 18. Jahrhundert war im Seitenschiff der Kirche leicht erhöht aufgebahrt und eine glänzende Position zum Fotografieren.

Peinlich war es ja – aber Fotos von mir und dem Schläger Kracht inmitten der heiligen Andacht, wer weiß, wann und wofür man diese Beweismittel nutzen konnte.

Auf Pickrot jedenfalls war Verlass, da konnte Hansen quatschen, was er wollte. Seine mir gegenüber geäußerten Verdächtigungen waren Unterstellungen – mehr nicht. Ich unterhielt mich mit meinem Kollegen ein paar Takte über seine letzten Freizeitaktivitäten. Dabei fühlte ich mich die ganze Zeit beobachtet. Doch der Kommissar stand oben auf der Brücke bei Kapitän und Bootsmann und suchte mit dem Fernglas das Meer ab.

»Warum ist der Hecht stiften gegangen?«, wandte ich mich gegen Wind und Wetter kämpfend an Kubsch.

Der drehte sich zu Hansen, als ob er von der Brücke die Erlaubnis zur Antwort wollte, und fing dann doch ohne Beistand lautstark gegen den Lärm an zu erzählen.

»Gunnar Hecht hat, wie vermutet, gelogen. Das Mordopfer hatte wenige Stunden vor dem Exitus mit bis zu neunundneunzig Prozent an Sicherheit grenzender Wahrscheinlichkeit ausgiebigen Koitus mit dem Flüchtigen. Das Labor hat die

Spermata in der Leiche dem genetischen Speichelsekret des Herrn Hecht zuordnen können. Wir hatten ihn angerufen und gebeten, auf der Wache zu erscheinen und Zeit mitzubringen. Der Herr bekam einen Tobsuchtsanfall und wollte nicht kommen, ich selber hatte ihn am Apparat.«

Wenn ich mich länger als eine Minute mit Kriminalassistent Kubsch unterhalten müsste, wäre eine andere Reaktion als ein Anfall egal welcher Couleur unglaubwürdig.

Speichelsekret. Koitus. Spermata. Hansen hatte es wirklich nicht leicht. Vier – oder waren es tatsächlich schon fünf Leichen? Eine Stadt in Angst und Schrecken. Ein Möwenkopf-Mann, der sich regelmäßig in Luft auflöst. Ein Mörder auf der Flucht. Und einen Assistenten, der als Baby falsch gepudert worden war. Hätte Hansens Exfrau damals auf Rügen keinen Bockmist gebaut, wäre noch heute Kreideklau am Königsstuhl sein Spezialgebiet.

Pike machte seine Fotoausrüstung wasserdicht, und ich spazierte auf mächtig schwankenden Planken mit dem Mobiltelefon am Ohr Richtung Kajüte, um mir Olaf Hansen vorzuknöpfen, bevor es hier auf der rauen Ostsee ernst wurde. Der Handyempfang war zwar noch ausreichend, würde aber mit Sicherheit bald abreißen, wonach wir allein auf den Schiffsfunk angewiesen sein würden. Immerhin war so der Kontakt zum Festland weiterhin gegeben.

Selbst von unseren treuen Begleitern, den Seemöwen, war weit und breit nichts mehr zu sehen. Ein deutlicher Indikator für nahendes Unwetter. Nasskalt kroch es durch meine mittlerweile klammen Klamotten, die Bootstour wurde ungemütlich und mir langsam, aber sicher immer mulmiger zumute. Um mich herum drehte es sich wie auf einem Karussell, ich setzte mich auf die obere Treppe vor der Kajütentür und versuchte eine ganze Weile konzentriert die Horizontlinie zu fixieren. Zwischenzeitlich schloss ich die Augen, keine wirklich prickelnde Idee.

Ich weiß nicht mehr, wie lange ich da zusammengekauert saß, aber irgendwann kam ich wieder zu mir und wischte einen kleinen Speichelsee von meiner gar nicht mehr neu aussehenden Wildlederjacke.

Dann kletterte ich schwankend in die Kajüte und stellte mich neben Hansen. Der Kapitän schickte seinen Bootsmann aufs Deck, um die sogenannten Friesennerze zu verteilen, die hier nicht gelb, sondern blau waren, hinten auf dem Rücken mit dem weißen Schriftzug POLIZEI versehen. Er hielt das Ruder fest in seinen Händen, kämpfte hier und da gegen starken Wellenschlag und summte ohne Unterlass eine bekannte Melodie. Den Text verschwieg er, kannte aber jedes Kind: Eine Seefahrt, die ist lustig. Eine Seefahrt, die ist schön. Und so weiter und so fort …

Na ja, Humor und Nerven hatten sie schon immer, die echten Seeleute.

»Ich hab ihn«, murmelte Hansen, »ist nicht weit weg. War klar, hatte maximal zehn Minuten Vorsprung.«

»Darf ich?«

Der Kommissar reichte mir den Feldstecher und zeigte dem Kapitän die Richtung. Tatsächlich, ein ganzes Stück entfernt dümpelte hinter einem diesigen Schleier eine Nussschale zwischen den gewaltigen Hochs und Tiefs der Wellen. Die Motoryacht war offensichtlich zu klein für diese Bedingungen.

»Sieht aus, als käme er kaum von der Stelle«, urteilte ich fachmännisch, ohne auch nur die leiseste Ahnung von der Seefahrt zu haben.

»Was ist mit Ihrem Kollegen?«, fragte Hansen zurück.

»Was soll sein?«

Mein Magen begann erneut leicht zu rumoren, ich ließ es mir nicht anmerken.

»Na, haben Sie etwas in Erfahrung bringen können?«

»Pickrot ist ein feiner Kerl. Der hat ein rein berufliches Interesse am Fall. Seinen Pick-up verleiht er nie, sagt er. Und in der Nacht war er ab zweiundzwanzig Uhr im Maxim.«

»Das Bordell hinterm alten Wassertor?«

Hansen wickelte eines von Lottes Brötchen aus und begutachtete es mit Kennermiene.

»Richtig. Der Puff schräg gegenüber von der Stadtmauer mit den alten Kanonen. Bis morgens um drei sei er ausgiebig beschäftigt gewesen, sagt er. Jacqueline und Monique sind die Künstlernamen seiner beiden Lieblinge. Ist das ausreichend?«

»Wir werden die Damen überprüfen.«

»Ich dachte, Sie haben in ein paar Minuten Ihren Täter?«

Ich deutete hinaus auf die Ostsee und gab Hansen sein Fernglas zurück. Der hielt es mit einer Hand an die Augen, um sich mit seiner anderen genüsslich das Pfeffermakrelenbrötchen zwischen die Kauleisten zu schieben.

Wir näherten uns zügig der Yacht von Gunnar Hecht. Die Wellen tosten um uns herum und forderten nun ganze Männer. Konsequenterweise fing es auch noch in Strömen an zu regnen.

Der Bootsmann verteilte jetzt zu den Friesennerzen noch rote Schwimmwesten, Kubsch band sich als Einziger eine um. Wir anderen klammerten uns wackelig an die Bordwand. Regen und Gischt ließen kaum einen klaren Blick auf die kleine Yacht zu. Dennoch wurde deutlich, dass das Kräfteverhältnis ungerecht war, nach meiner Schätzung passte die Nussschale vor uns etwa drei- bis viermal in die »Dicke Auster«.

»Der ist nicht alleine«, rief Pike plötzlich und zeigte auf eine pudelnasse Mähne, die auf Steuerbord in eindeutiger Pose über der Reling hing. Sie hockte auf allen vieren, schwankte, wankte, fiel aber nicht.

Unser Schiff lag jetzt parallel zu dem Boot, konnte die Position jedoch nur schwer halten.

»Das ist der H_2O_2-Feger von gestern Mittag aus der Nikolaikirche«, bemerkte ich.

Hansen hob ein großes Megafon an den Mund und gab Anweisungen: »Herr Hecht! Hier spricht die Polizei! Drehen Sie bei und kommen Sie mit erhobenen Händen aus der Kajüte!«

Kreidebleich hob die Blondine kurz den Kopf, nur um sogleich eine nächste Fuhre Fischfutter dem Meer zu übergeben.

»Gunnar Hecht! Haben Sie mich verstanden? Hier spricht die Polizei! Treten Sie ins Freie und …«

Weiter kam Hansen nicht.

In diesem Moment knallte ein Schuss durch die Wetterkapriolen. Die Kugel pfiff irgendwo zwischen strömendem Regen und unseren Köpfen hindurch und traf die »Dicke Auster« mitten ins Bullauge der Kajütentür, das im selben Augenblick zersplitterte.

Wir warfen uns zu Boden. Geistesgegenwärtig setzte der Kapitän sofort volle Kraft zurück. Weitere Kugeln zischten kreuz und quer durch die salzige Luft, eine zerstörte mit Getöse das Blaulicht über der Radaranlage.

Pickrot schoss als Erster kaltschnäuzig per Teleobjektiv zurück.

Die Blondine schrie hysterisch, als ihr Traumprinz weitere Schüsse auf unser Boot abfeuerte.

Dieser Wahnsinnige! Der Hecht ballerte auf die Polizei oder das Polizeiboot oder wie wild um sich. Aber wem waren in dieser Situation die Unterschiede noch bewusst? Mir nicht. Der Küstencasanova schrieb gewissermaßen gerade an seinem Testament oder zumindest am uneingeschränkten Geständnis, der gesuchte Mörder von Wismar zu sein.

Das Küstenstreifenboot hatte sich in eine sichere Distanz gebracht. Hansen machte irgendwelche Verrenkungen, die mich entfernt an das Gefuchtel eines Fluglotsen erinnerten. Später behauptete Pike, das seien Handzeichen zur Brücke, die das Signal zum letzten Gefecht bedeuteten.

Ohne weitere Warnung öffnete sich eine Luke in der Bordwand. Im Bruchteil einer Sekunde schoss eine Art Minitorpedo direkt über der Wasseroberfläche gen Motoryacht. Es krachte einmal granatenmäßig, und im Bug des kleineren Schiffes klaffte ein fußballgroßes Loch.

Es folgte keine Explosion, auch kein Schuss, nicht einmal ein Schrei war mehr zu hören. In aller Stille sog sich der Kahn in Windeseile voll Meerwasser, schaukelte leicht, krängte Sekunden später bedrohlich nach Backbord und soff ab. Der Rest war wie Netze einholen.

Die kotzende Blondine und ihr perplexer Liebhaber standen erst stocksteif wie zwei begossene Pudel auf Deck und sprangen im letzten Moment fast gleichzeitig in die eiskalte Ostsee. Sie ruderten mit den Armen und griffen hektisch nach den vom Bootsmann hinübergeworfenen Rettungsringen.

Ich sah, dass sie wimmerte, und jeder sah, wie er fluchte, doch ließen sich beide ohne weitere Gegenwehr an Bord der »Dicken Auster« ziehen.

Bevor sie in naher Zukunft getrennte Wege gehen sollten, schimpfte Gunnar Hecht wie ein Rohrspatz über seine Begleitung. Allein wäre er schon lange drüben auf Lolland.

»Scheißweiber! Ich hätte dich niemals mitnehmen sollen! Die Mädels in Dänemark sind eh besser.«

»Du Schuft! Du mieser Kerl! Du … du …«

Viel mehr fiel ihr nicht ein, sie zitterte am ganzen Körper, ihr triefendes Haar hing zottelig herab und hatte die Farbe der Ostsee angenommen. Ich hüllte sie in eine warme Decke, die uns der Bootsmann reichte.

»Heute Morgen war ich noch sein süßer Spitzen-Spatzi!«, jammerte sie zwischen ihren klappernden Zähne hindurch. »Und jetzt so! Das ist ein Verbrecher! Hätte ich das vorher gewusst, ich hätte mich niemals von ihm …!«

Sie brach ab und in Tränen aus.

»Scheißweiber!«, schimpfte Hecht.

Seinen Standardfluch sollte er noch mehrfach wiederholen. Unbeeindruckt ließ er sich die Handschellen anlegen und unter Deck führen. Kubsch zog ihm vorher noch den Revolver aus dem Gürtel. Der Dummkopf hatte die Knarre immer noch bei sich, statt sie sofort ins Meer zu versenken. Wie doof musste man eigentlich sein, um so viele Fehler auf einmal zu machen.

Auf der schnellen Rückfahrt blieb H_2O_2 nicht die Einzige, die Fische füttern sollte. Es wurde noch einmal richtig eklig auf dem schaukeligen Boot, und auch der linke Arm meiner Lederjacke bekam ungefragt einen Schwall Saures ab – ausgerechnet vom Kriminalassistenten Kubsch, der doch angeblich früher einmal unbedingt hatte zur See fahren wollen und auf der Hinfahrt den Mund reichlich voll genommen hatte. Das hatte man davon. Außer der Crew zeigte sich sonst eigentlich nur Olaf Hansen mitsamt seiner Makrelen standhaft.

***

Der Küstencasanova wurde ohne Umwege in die Untersuchungshaft zum Fürstenhof verfrachtet. Hansen und Kubsch hatten ganze Arbeit geleistet.

Und Pike und ich schnitzten an der Exklusivstory für den nächsten Morgen. Dennoch war die Stimmung beim BLICK alles andere als geschmeidig. Eva würdigte mich nicht eines Blickes, und vor allem Mahlzan, verbreitete der Flurfunk, soll ziemlich angefressen gewesen sein.

Unser angeblicher Mörder habe zur verabredeten Zeit angerufen, erzählte mir Tomsen etwas später, und ich hatte nicht an meinem Platz gesessen. Stattdessen habe Malles Sekretärin mit ihm geschwatzt und danach dem Chef nur äußerst dünne Fakten serviert.

»Treffpunkt zum Interview sollte Am Salzhaff sein. Spätestens in einer Stunde. Wenn du nicht persönlich erscheinen würdest, wäre die Geschichte für ihn geplatzt, so seine klare Ansage. Das war heute Mittag um zwölf.«

»Na, und dann?«, fragte ich teilnahmslos.

»Na, der Chef ist wie besprochen selber hingefahren. Hat eine Stunde wie ein absoluter Blödian herumgestanden, und kein Mensch ist gekommen. Da ist er natürlich stinkig geworden.«

»Konnte ja auch keiner kommen«, antwortete ich kühl, »der Mörder befand sich zu dem Zeitpunkt auf hoher See, und zwar auf direktem Weg nach Dänemark.«

Ich knallte ihm meinen frisch verfassten Text auf den Tisch und fügte triumphierend hinzu: »Die Fotos von Pike kommen gleich. Action-News ist ein Scheißdreck dagegen!«

Raimund Tomsen staunte nicht schlecht.

»Dennoch«, beharrte er, »solltest du dich ruhig entschuldigen. Mit dem Chef ist derzeit nicht gut Kirschen essen. Richtig giftig ist Malle aber erst geworden, als am Salzhaff so ein nervtötendes Kamerateam aus Japan auftauchte, ihn aus allen möglichen Winkeln gefilmt und ständig auf Englisch vollgequatscht hat. Du kennst ja seine Achillesferse.«

»Der Alte kann kein Englisch.«

»Kein einziges Wort. Und überhaupt sind Fremdsprachen seine große Schwäche.«

Auch da war S. K. Möller garantiert der bessere Schüler von beiden gewesen, dachte ich noch, bevor sich beim Gedanken an den Namen Möller eine Sehnsucht im Bauch breitmachte, die nur durch ein Höchstmaß an Konzentration auf den erwähnten Straßennamen gemildert wurde.

»Am Salzhaff, sagst du?«

Ich wurde neugierig, schließlich war der Treffpunkt vielleicht doch ein Tatort gewesen und eine fünfte Leiche nicht weit.

Ich schnappte mir den Faltplan von Wismar und suchte das Hafengelände ab. Tomsen schaute mir über die Schulter und roch ungeniert an meiner Lederjacke.

»Mann, Norbert, du musst dir mal 'ne neue Jacke leisten.«

»Die ist neu.«

»Na, dann muss die mal in die Reinigung!«

»Alles zu seiner Zeit!«, antwortete ich konzentriert in meine Suche vertieft.

Tomsen rückte ein bisschen ab und meinte dann nur noch:

»Das muss eine kleine Seitenstraße am Gewerbegebiet vom Westhafen sein.«

»Liegt in unmittelbarer Nähe der Werft«, ergänzte ich, »wenn mich nicht alles täuscht.«

Die traditionsreiche Werft war erst vor Kurzem wieder einmal durch eine existenzbedrohende Insolvenz getaumelt. Der seit einer halben Ewigkeit stets größte Arbeitgeber Wismars hatte monatelang ums blanke Überleben gekämpft. Nach der jüngsten Pleite hatte jetzt ein russischer Milliardär die hochmoderne Werft für ein paar lumpige Millionen übernommen und vollmundig für die nahe Zukunft neue Großaufträge versprochen.

Trotz abermals massiven Stellenabbaus ist die ehemalige Hanse-Werft auch heute noch der wirtschaftliche Nerv unserer Hansestadt geblieben. Die riesige Dockhalle von bald vierhundert Meter Länge und über siebzig Meter Höhe war fast von überall her weithin sichtbar und ihr Areal mit über einer halben Million Quadratmeter Nutzfläche mehr als eine überschaubare Enklave auf dem kleinen Wismarer Faltplan.

Nach einer Weile hatte ich endlich gefunden, was ich wollte.

»Am Salzhaff ist eine Nachbarstraße von ... Merkwürdig!«

»Na, was?«

»An der Koggenoor!«

Ich strich leicht irritiert mit der flachen Hand über den Stadtplan. Raimund Tomsen war gar nicht richtig drin in der Geschichte, das merkte man sofort an seinem fragenden Gesicht.

»Und?«

»Und was?«

»Na, ich denke, wir haben den Mörder ...«

»Jaja ... trotzdem komisch!«

»Wieso?«

»Wer wohnt An der Koggenoor 13?«

Raimund Tomsen zuckte mit den Achseln, etwas, das er total ungern tat, und fragte barsch zurück: »Na, wer?«

»Grit Schiffer, die Fischer-Schiffer! Die Freundin von Kemmann, besser bekannt als Messer-Manni!«

»Zufall!«, meinte Tomsen tatsächlich.

Es gab Zufälle, davon war ich nicht erst seit heute überzeugt, die gab's einfach gar nicht.

***

So wie der am selben Abend kurz vor Torschluss. Ich trat gerade aus dem Bürohaus des OSTSEE-BLICK und freute mich auf einen schnellen Happen am Eis-Moor-Imbiss, da lief mir wie zufällig gegenüber der Ankerklause ein Mensch mit Trenchcoat, hochgestelltem Kragen und Schlapphut über den Weg.

Wenn das Klischee nicht so deutlich übererfüllt worden wäre, hätte ich diesen merkwürdigen Anblick vielleicht gleich wieder vergessen. So spürte ich aber im Nacken die Blicke dieses dubiosen Kerls, während ich den Entenweg hinunterging, und hörte selbst seine leisen Sohlen hinter mir auf den Bürgersteig treten. Zuerst versuchte ich ihn in der grauen Dämmerung abzuschütteln, machte einen großen Schlenker durch die Altstadt: An Karstadts Stammhaus vorbei, durch die Krämerstraße, dann rechts in die Krönkenhagen. Doch der Mann war immer noch da. Wurde mein Gang langsamer, reduzierte sich auch seine Schrittfrequenz. Blieb ich vor dem Fischerei- und Anglerbedarfsshop in der ABC-Straße stehen und guckte total interessiert in die Auslage, verstummte die Geräuschkulisse hinter mir gänzlich.

Einmal im Karree und wieder zurück auf dem Marktplatz schien mir der Mensch nach fast einer halben Stunde Fußmarsch auf Höhe des Restaurants »Alter Schwede« so nah auf den Pelz gerückt zu sein, dass ich mich abrupt umdrehte und wir uns tatsächlich Auge in Auge gegenüberstanden. Der Typ trug die schicke Brille eines besser verdienenden Intellektuellen und blinzelte mich durch sein Platingestell nervös an. Mein stahlharter Blick machte ihn anscheinend nur noch weicher.

Etwas hilflos knöpfte er dann seinen Trenchcoat auf und zeigte mir eine Art scheckkartengroßen Ausweis, den er aus seiner tiefen Innentasche fischte. Darauf stand in leicht verschnörkelten Lettern: Mecklenburg-Vorpommern – Headhunter Office Rostock – Generalbevollmächtigter der Sektion für Medien, Werbung und Öffentlichkeitsarbeit – Dr. Daniel von Zeh.

Der Mann zu dem Namen entschuldigte sich mehrfach wie ein Bückling, ob der Observierung und seiner ungewohnten Aufmachung. Man könne in seinem Metier nicht vorsichtig genug sein.

»Und?«, fragte ich kurz und präzise.

»Man will Sie!«, antwortete er auf die gleiche Art.

»Wer und wofür?«

»Ein landesweit angesehener Radiosender möchte Sie für seine Dienste gewinnen. Unsere Agentur ist vonseiten der Geschäftsleitung beauftragt worden, Ihre Bereitschaft zu prüfen, ein neues seriöses Engagement zu garantiert verbesserten Konditionen bei besagtem Mitbewerber anzunehmen. Ihr Ruf eilt Ihnen voraus, Herr Strauß. Sie sind mittlerweile, wenn ich mir das erlauben darf zu sagen, ein äußerst gefragter Mann. Ein Spitzenmann, dem nach dieser Mordserie und dem sehr erfolgreichen Tagebuch viele Türen offenstehen. Eine dieser Möglichkeiten möchte ich Ihnen eröffnen und Ihnen hiermit ans Herz legen: Treten Sie hindurch, Herr Strauß, treten sie ein und genießen Sie Ihren Ruhm.«

Ehrlich, ich fühlte mich schon ein wenig geschmeichelt, ließ der Welle Meckpomm die herzlichsten Grüße bestellen und erklärte, ich würde mir das verlockende Angebot ernsthaft durch den Kopf gehen lassen.

»Mehr kann und will ich derzeit dazu nicht sagen. Auf Wiedersehen, Herr von Zeh.«

Der Headhunter machte eine fast unterwürfige Verbeugung, grüßte und war in null Komma nichts in seinem wehenden Mantel über das holprige Kopfsteinpflaster des Marktplatzes aus meinem Blick verschwunden.

Wie im schlechten Film, dachte ich noch und freute mich jetzt erst so richtig auf eine scharfe Wurst bei Willi.

9

Dienstag, den 10. März

Mahlzan traf am Morgen zum Lokaltermin in seinem dicken Mercedes ein. Den schnittigen Porsche hielt er wohl für ein Treffen mit der Polizei für unangebracht. Der Mercedes war die Familienkutsche, mit der er Evi und ihre zwei deutschen Rauhaardackel, Brutus und Caesar gerufen, dreimal pro Woche zum Reitclub fuhr. Das passte – rein statusmäßig. Als Redaktionsleiter des OSTSEE-BLICK hatte er einen Ruf zu wahren. Und ein Termin in aller Öffentlichkeit wie heute Morgen Am Salzhaff tangierte zweifelsfrei das Image.

Er selbst hatte gestern am späten Abend die Kripo mit einem Verweis auf einen anonymen Anrufer verständigt. Er fühle sich betrogen, hatte er dann hinter verschlossenen Türen geklagt, gleichzeitig müsse man diesen Anruf und dessen eventuelle Konsequenzen jedoch sehr ernst nehmen. Entweder gebe es eine fünfte Leiche oder einen miesen kleinen Klugscheißer, der sich auf Kosten des angesehensten Presseorgans der Stadt Wismar lustig machen wolle. Beides sei nicht akzeptabel.

Am Ende der Straße gab es zur Wasserseite hin einen Spielplatz, auf dem sich eine Handvoll kleiner Kinder und eine Mutter oder Erzieherin tummelten. Mahlzan drückte sich etwas unsicher vor dem gegenüberliegenden Haus herum.

Hansen hatte uns alle für neun Uhr dreißig bestellt, zwecks Ansicht des Salzhaffs und Rekonstruktion des gestrigen nicht stattgefundenen Treffens. Was er da finden oder besser nicht finden wollte, lag auf der Hand.

Mir froren die Hände, und meine Nase spannte unter der Plastikschale vor Eiseskälte. Ich trug nur meine braune Wildlederjacke, der Möwenfleck war immer noch nicht weg, und ich hätte mich insgesamt wärmer anziehen sollen. In der Nacht hatte es sich nochmals mächtig abgekühlt, seit einer Stunde schneite es dickste Flocken.

Unweit der gigantischen grün-grau gestreiften Dockhalle schloss ich mein Fahrrad an den Werftzaun, da kam auch schon Pickrot mit dem Pick-up um die Ecke gebraust. Er parkte gleich hinter Malles Mercedes.

»Wenn Sie hier Fotos machen, halten Sie mich da schön raus. Verstanden?«, raunte der Chef ihn an, und in der kalten Morgenluft konnte man seinen schnellen Atem sehen.

»Gebongt, Cheffe!« Pike salutierte, total übertrieben.

In diesem Augenblick bog eine grüne Minna in die Straße ein, stoppte auf unserer Höhe, und drei uniformierte und zwei zivile Beamte gesellten sich zu uns.

»Moin.«

»Moin.«

»Moin, Moin.«

»Moin.«

»Moin, Moin.«

»Morgen.« Das war Hansen.

Mir war das zu blöd, und es erinnerte mich an eine Bierwerbung, ich grüßte nicht.

Die Kinder vom Spielplatz staunten nicht schlecht, rannten mit lautem Gejohle herbei und begannen sofort, um uns herum Indianer zu mimen. Sie kreisten uns ein und beschossen uns doofe Cowboys mit imaginären Pfeilen und Bögen. Besonders cool fanden sie meine Zorro-Maske, wie die Jungen sie nannten. Die Mutter versuchte wirklich ihr Bestes. Keine Chance, die kleinen Kletten wieder loszuwerden.

Nach der langatmigen Begrüßungszeremonie und Mahlzans äußerst schwammiger Feststellung, dass das Ganze auf der Grundlage einer Information eines zu schützenden Informanten basiere, holten die drei Uniformierten lange, spitze Stöcke, mit denen jeder Rentner beim Nordic Walking eine gute Figur gemacht hätte, aus dem Kofferraum ihres VW-Busses.

Ich fühlte mich dem Chef gegenüber nicht unbedingt zu

Dank verpflichtet, doch war ich mit seiner fadenscheinigen Erklärung fürs Erste aus dem Schneider.

Hansen und Kubsch hätten mir das sicher krummgenommen, dass ich sie auf der »Dicken Auster« auf Verbrecherjagd begleiten durfte, aber den ominösen Anruf verschwiegen hatte. Das war Einbahnstraßentaktik, die bei der Polizei garantiert gar nicht gern gesehen wurde.

Die Straße Am Salzhaff hieß Am Salzhaff, obwohl sie, genau genommen, gar nicht an ein Salzhaff grenzte. Eigentlich handelte es sich bei der nördlichen Straßenbegrenzung, gleich neben dem Spielplatz, nur mehr um ein permanent von der Ostsee überflutetes Brachgelände, das zur Wismarer Werft gehörte, aber offen und ungenutzt vor sich hin vegetierte.

Der erneute Wintereinbruch machte die Angelegenheit nicht einfacher. Die Polizisten schwärmten aus und rutschten trotz ihrer eisenbeschlagenen Stöcke zur Belustigung der Kinder auf der glatten Hafffläche hin und her. Einer setzte sich sogar fluchend auf seinen Hosenboden, die selbst ernannten Indianer stimmten ein hämisches und dann wildes Kriegsgejohle an und schlitterten gekonnt um die Wette.

Es herrschte eine fast ausgelassene, heitere Stimmung. Alle Beteiligten waren sich sicher, dass hier nichts als ein paar Grashalme, Modder und Salzwasser gediehen, als eines der Kinder plötzlich wie am Spieß aufschrie.

Die bereits stark verweste Frauenleiche lag unter einer frischen dünnen Eisschicht. Der Anblick hatte etwas Surreales. Die Kinder weinten trotzdem. Mahlzan wirkte konsterniert, Pickrot machte Fotos, Hansen schrie ihn an, er solle verschwinden und die Kinder gleich mit. Kubsch und die Streifenbeamten bearbeiteten mit ihren spitzen Stöcken vorsichtig die Stelle, an der der Leichnam im harten Haff lag.

»Wer ist der Informant?«

Hansen ging Mahlzan an. Der wurde zusehends unsicherer, was er sagen oder nicht sagen durfte. Er war der Boss, er hatte die Sache vergeigt. Die ganze Hintergrundgeschichte jetzt auf mich zu schieben, da stand er im schlechtesten Licht dar. Ein

Chef ist ein Chef ist ein Chef. Die negativen Seiten dieser Philosophie schlugen ihm jetzt unangenehm auf den Magen.

»Wer ist der Informant?«, fragte Hansen noch einmal, aber deutlich ungeduldiger.

Der Big Boss wand sich wie ein Aal.

»Verstehen Sie mich nicht falsch. Wir haben einen Anruf in der Redaktion erhalten …«

Der Kommissar unterbrach ihn ungehalten. »Wir! Ich dachte, Sie persönlich hätten den Anruf bekommen? Versuchen Sie mich ja nicht zu verschaukeln, Herr Mahlzan! Wer ist der Anrufer? Und wer hat mit ihm gesprochen?«

»Eva … ich meine, meine Sekretärin hat mit ihm telefoniert.«

Es war gesagt, da gab es kein Zurück mehr.

»Fräulein Eva Pretorius hat das Gespräch geführt«, fügte der Chef verkniffen hinzu, »der Anrufer ist uns leider nicht bekannt. Seine Stimme klang ihrer Ansicht nach fremd. Entsprechend können wir nun leider doch nicht von einem offiziellen Informanten reden, sondern nur von einem uns unbekannten Anrufer männlichen Geschlechts … Es tut mir aufrichtig leid.«

»Das ist nach § 258 StGB Beihilfe zur Strafvereitelung, Herr Mahlzan. Dafür kann ich Sie belangen. Ihnen wird per Telefon durch einen Unbekannten eine weitere Leiche serviert, und Sie melden es nicht der Polizei? Sie behindern damit die Justiz!«

»Ich habe es gemeldet!«, entfuhr es Malle kleinlaut.

»Ja, aber erst nachdem der Mörder Sie versetzt hat! Sie kochen Ihr eigenes Süppchen. Sie spielen ein falsches Spiel mit uns!«

Hansen wandte sich angewidert ab und marschierte zurück zum Leichenfund. Mahlzan sah ihm schuldbewusst nach. Einige von den Kindern, die noch in der Nähe waren, zeigten mit dem Finger jetzt nicht mehr auf Zorro, sondern auf ihn. Malle fühlte sich quasi wie am Marterpfahl.

»Danke, Chef.«

Es war vielleicht nicht der passendste Moment, aber nun fühlte ich mich doch verpflichtet. Das musste man ihm lassen, er hatte dichtgehalten, wenn auch aus reiner Eitelkeit. Ich verscheuchte mit drohendem Zorro-Blick die Reste vom Indianerstamm.

»Nicht dafür.«

Gregor Mahlzan war das alles ungeheuer peinlich. Er setzte sich in seinen Mercedes und fuhr schleunigst davon.

Die Leiche sah gespenstisch aus. Eine Frau, schwer zu sagen welchen Alters, aufgedunsen, verdrehte halb zerfressene Augäpfel, vereistes Blut. Halb nackt war sie, die Haut und das Fleisch darunter vermutlich von Möwen böse durchbohrt und zerfleddert. Die frische Eisdecke hatte zwar den Zersetzungsprozess verlangsamt, trotzdem war kaum noch etwas Persönliches zu erkennen.

»Mindestens zwei Wochen tot!«, schätzte Kubsch. »Genauer kann das nur das Labor sagen.«

»Wie kriegen wir die hier weg?«, wollte ein Streifenpolizist wissen.

»Erst mal müssen wir die auftauen«, meinte sein Kollege, »vielleicht mit so was wie einem Föhn.«

Kubsch guckte entgeistert, Hansen reagierte auf die Schlauberger mit Arbeitsanweisungen.

»Sehen Sie zu, dass das komplette Haff abgesperrt wird. Und schicken Sie endlich die Kinder nach Hause. Mein Quantum an Schaulustigen ist für heute mehr als gedeckt.«

Vor dem Hintergrund der verschneiten Wismarer Werft hockte in unverdächtigem Abstand, der Kälte trotzend, jetzt ein Schwarm Seemöwen auf dem Klettergerüst des Kinderspielplatzes. Die Vögel linsten wie unbeteiligt herüber. Egal wie fett und bräsig und geduckt sie sich zeigten, man wurde das Gefühl nicht los, die bekamen nie den Schlund voll.

Hansen kniete sich nieder zu der Toten aufs Eis. Der Fall wurde immer prekärer. Ob ein Oberkommissar auch dazu neigte, seine Arbeit mit in die Nächte zu nehmen? Hansens Alpträume hätte ich nicht haben wollen.

»Tschüss, Herr Hansen«, wollte ich mich höflich verabschieden, da drehte sich der Kommissar plötzlich zu mir um und streckte mir zum Abschied die Hand entgegen, sie war lausig kalt.

»Tschüss, Herr Strauß. Ich würde mich übrigens freuen, wenn ich Sie heute Abend zu uns einladen dürfte. Es gibt eine Nordische Fischplatte, eine echte Delikatesse. Die Spezialität meiner Mutter. Würde ich mir an Ihrer Stelle nicht entgehen lassen.«

Ich traute meinen Ohren nicht, Hansen lud mich zu sich nach Hause ein. Welche Ehre!

»Wenn es Ihnen recht ist, so gegen sechs Uhr. Wir essen früh, meine Mutter ist schon etwas betagt, müssen Sie wissen. Abgemacht?«

Dahinter steckte bestimmt wieder irgendein Deal.

»Warum nicht«, antwortete ich unsicher. »Gerne. Danke. Dann bis um sechs.«

Olaf Hansen brachte mich erstmals ins Grübeln. Ein taktischer Schachzug, dachte ich, bevor mich Pike mit seiner Hektik überfiel. Er müsse schleunigst in die Redaktion, da seien ein paar ganz heiße Motive dabei. Ich sagte ihm, er solle ruhig ohne mich fahren, ich sei eh mit dem Fahrrad hier. Für das bisschen Text hätte ich den ganzen Nachmittag Zeit. Und ein bisschen frische Luft würde mir jetzt ganz guttun, redete ich mich heraus.

Mein Plan war ein anderer. Die Straße An der Koggenoor lag gleich um die Ecke, war fast eine Verlängerung vom Salzhaff. Das Display auf meinem Handy zeigte, dass es genau elf Uhr war. Zeit für einen kleinen Besuch bei Grit Schiffer.

***

An der Koggenoor 13 war ein Mietshaus gleich am Anfang der Straße, von hier war das Haff fast noch in Sichtweite. »Schiffer« stand auf einem Namensschild, ich klingelte. Keine Reaktion. Ich klingelte noch mal und hielt den Finger etwas länger auf dem Knopf. Der Summer ertönte, und ich stieß die Haustür auf.

Oben am Treppenabsatz öffnete sich eine Wohnungstür, und eine verschlafene Dauerwelle lugte heraus.

»Was wollen Sie? Wer sind Sie?«

»Moin. Strauß mein Name. Vom OSTSEE-BLICK. Frau Schiffer?«

»Was wollen Sie?«

»Mit Ihnen reden. Darf ich reinkommen?«

»Wie heißen Sie?« Sie blinzelte verschlafen.

»Strauß. Norbert Strauß. Reporter vom BLICK.«

»Es ist früh. Wissen Sie, ich bin Fischerin. Ich hatte Nachtschicht, bin erst um sieben ins Bett.«

Ich entschuldigte mich für die Störung und versuchte so höflich und charmant wie möglich zu sein. Von der drallen norddeutschen Deern vom letzten Sonntag war nach langer Nacht auf See und wenig Schlaf nicht mehr viel übrig.

»Na gut, kommen Sie rein. Wenn's kurz ist. Kann eh nicht richtig schlafen.«

Die Wohnung war klein, vielleicht zwei Zimmer, kleine Küche, Toilette, Ende Gelände. Sie zeigte auf einen Küchenstuhl und schlurfte im abgewetzten türkisfarbenen Frotteemantel und in dicken grauen Socken wenig elegant zu einer Kaffeemaschine auf dem Fensterbrett.

»Möchten Sie auch einen?«

»Ist kalt draußen. Da sag ich nicht nein.«

Die Einrichtung machte einen ganz gemütlichen Eindruck. Etwas unordentlich für meinen Geschmack, aber durchaus behaglich. Das Einzige, was negativ auffiel, hing schwer in der Luft. Fisch. Um exakt zu sein: Fischgeruch.

»Da kann ich ein Lied von trällern. Heute Nacht waren die Planken vereist. Konnte mich kaum halten auf'm Kutter. Fisch war auch rar. Na ja, Schicksal.«

»Wissen Sie schon? Gleich nebenan im Salzhaff hat man heute Morgen eine weitere Frauenleiche gefunden.«

»Deshalb kommen Sie zu mir?«

Die Schiffer war nicht allzu schnell zu erschüttern, eben eine echte Wismarer Braut. »Sprechen Sie es ruhig aus. Sie sind doch bestimmt wegen Manni hier.«

»Hat er sich von der Prügelei im ›Falschen Seehasen‹ erholt?«

»Sie wissen davon?«

»Ich war dabei.«

»Ach ja?«

Sie war kurz angebunden. Ich versuchte es anders.

»Er erzählte mir, Sie schmeißen ihn gegen Mitternacht immer raus, bevor Sie in See stechen. Stimmt das?«

»Klar. Manni ist in Ordnung, aber ein geborener Kleinkrimineller. Den lass ich nicht unbeaufsichtigt in meiner Wohnung zurück. Nachher verscherbelt der für ein Sixpack Lübzer noch die Kaffeemaschine.«

Ich lächelte, das konnte ich mir bei Manni Kemmann gut vorstellen.

»Entweder hab ich sonntags frei, dann bleiben wir im Bett. Oder er fährt mit hinaus zum Fischen, da kann er mir zur Hand gehen. Oder er latscht allein durch die Innenstadt und genießt die Ruhe und die frische Luft, bevor er zurück in den Knast muss.«

»Die Leiche lag etwa zwei Wochen im Haff.«

»Schicksal. Da kann ich nix für.«

»Vor einer Woche war der Mord vor der Pension in der Bademutterstraße. An beiden Wochenenden hatte ihr Freund Freigang.«

»Zufall.«

»Und wenn nicht?«

»Ich weiß immer noch nicht, was Sie eigentlich von mir wollen. Aber eines können Sie mir glauben, ich kenne meinen Manni. Er kann ein ganz schön schräger Vogel sein, aber ein Mörder ist er nicht. Dafür leg ich meine Hand ins Feuer.«

Während Grit Schiffer den Kaffee zubereitete, schaute ich mich dezent in ihrer Wohnung um. Mit der Begründung, mir die Hände waschen zu wollen, ging ich ins Bad, um auch dieses zu inspizieren. Während das Wasser lief, untersuchte ich den Spülkasten. Klassisches Versteck. Geschützt durch eine Plastiktüte fand ich das Corpus Delicti. Messer-Mannis schönes Springmesser mit langem Knauf und ebenso langer Klinge.

Ein simpleres Versteck für einen seiner Lieblinge hätte sich Manni nicht aussuchen können. Ich steckte es in die Innentasche meiner Wildlederjacke, ging zurück und schaute auf dem Weg kurz durch die angelehnte Schlafzimmertür, dort lag auf dem Boden eine offene Trainingstasche, aus der Kleidungsstücke hervorguckten.

Plötzlich rempelte ich rückwärts gegen die Schiffer, die mit zwei randvollen Kaffeetassen hinter mir auftauchte, ein Schuss heiße Flüssigkeit ergoss sich über den Rücken meiner Jacke. Nicht schon wieder, dachte ich genervt und zog das gute Stück aus, um es notdürftig abzuwischen.

»Tut mir leid«, sagte sie und reichte mir gastfreundlich einen dampfenden nur mehr halb vollen Pott, »Sie werden hier nichts finden. Versprochen. Mannis Klamotten sind garantiert blutfrei. Verbrennen Sie sich nicht.«

Sie lächelte dabei. Die Frau hatte Nerven wie Stahlseile oder einfach nur nichts zu verbergen.

»Er schleicht nachts alleine durch die Stadt. Er ist geil auf Springmesser. Er dreht schnell durch. Er hat zumindest für die Mordzeit vor einer Woche kein Alibi. Selbst wenn er unschuldig ist, die Polizei wird der Öffentlichkeit irgendwann einen Schuldigen präsentieren müssen. Verstehen Sie, was ich meine?«

»Schicksal.«

Ihr Lieblingswort. Ein enorm dickes Fell hatte die Fischer-Schiffer.

»Er sammelt Messer. Er wird sie nicht alle in seiner Zelle bunkern. Obwohl ihm das zuzutrauen ist.«

»Was schlagen Sie vor?«

»Wenn er unschuldig ist, helfen Sie ihm, indem Sie mir oder meinetwegen auch der Polizei seine Lieblinge aushändigen.«

Ihr Lächeln wich einem ersten misstrauischen Blick.

»Vollführt er hier seine Kunststückchen? Direkt vor Ihren Augen? Das wird irgendwann außer Kontrolle geraten. Doch selbst wenn wir niemand anderen vor ihm beschützen müssten, haben Sie dennoch die Verantwortung, ihn vor sich selbst zu schützen.«

Das saß. Die Schiffer guckte zu Boden und klang unsicherer: »Manni kommt morgen wieder raus.«

»Freigang.«

»Richtig.«

»Bis wann?«

»Bis Montag früh.«

»Frau Schiffer!«

»Ja?«

»Tun Sie, was ich Ihnen gesagt habe. Und tun Sie damit nicht nur ihm einen Gefallen, sondern vor allem auch sich selbst.«

Sie musterte mich von der Seite und dachte darüber nach.

»Sie wollen mit dem Messer doch nur eine gute Story für Ihre Zeitung.«

»Sie täuschen sich. Ich will im Moment neben Mannis Sicherheit nur eines.«

»Und das wäre?«

»Ich möchte, dass Sie ihm bitte nichts von diesem Gespräch erzählen. Er regt sich nur unnötig auf. Und dann begeht er Dummheiten.«

Sie wusste immer noch nicht, ob sie mir trauen sollte.

Ich hatte, was ich wollte, in meiner kaffeedurchtränkten Lederjacke und drückte ihr freundlich dankend meinen halb leeren Pott in die Hand.

***

»Wissen Sie, er kann nicht der Mörder sein. Er hat alles bis ins Detail zu Protokoll gegeben: dass er das Fräulein Imken zu sich aufs Boot gelotst hat, dass er zwei Stündchen mit ihr in der Koje verbrachte und sie sich dann gegen drei Uhr nachts, wie er es formulierte, gesund und munter und fideler als zuvor verabschiedet hätte.«

Der Oberkommissar saß auf seinem Küchenhocker, die roten Ohren bewegten sich beim Sprechen im Takt seiner Kiefer.

»Das war's. Der Mörder dieser Frauen will der Hecht nicht gewesen sein.«

Hanna Hansens Fischplatte dampfte auf dem Küchentisch vor unseren Augen und meiner lädierten Nase, während ihr Sohn das Verhör von Flüchtling Gunnar Hecht ungewöhnlich ausführlich wiedergab.

Wir saßen in der Böttcherstraße 35, gleich schräg gegenüber von der alten Kirchenmauer des einstigen Heilig-Geist-Spitals, bei Hansens in der großen Küche. Entgegen der allgemeinen Gepflogenheit spielte sich das soziale Leben für Hanna und ihren Ole nicht in der guten Stube, sondern in ihrer gemütlichen Wohnküche ab.

Es duftete selbst durch das Hartplastik hindurch, sodass mir der Magen vor Appetit knurrte.

»Hecht wird mit Sicherheit wegen unerlaubten Waffenbesitzes, Schusswaffengebrauchs und Widerstands gegen die Staatsgewalt in U-Haft bleiben und nächste Woche dem Richter im Fürstenhof vorgeführt«, beendete Hansen seine Ausführungen.

»Was wird er kriegen?«

Meine Frage war eher beiläufig gestellt. Ich fühlte mich noch ein wenig fremd in dieser illustren Runde, die sich um die berühmte Nordische Fischplatte von Hanna Hansen herum versammelt hatte.

Denn was der Kommissar am Vormittag zu erwähnen vergessen hatte, war, dass er neben seinem Vorgänger, der langjährigen guten Seele der Wismarer Kriminalpolizei Hans-Uwe Bartelmann, auch den Polizeipsychologen S. K. Möller eingeladen hatte. Die geballte Ladung Fachkompetenz, da stand mir sicher ein befruchtendes Abendessen bevor.

Auf der Fensterbank ruhte die weiße Katze von Mama Hanna und schaute uns träge zu.

»Bislang ist er noch nicht auffällig geworden. Er wird wohl mit einer Bewährungsstrafe davonkommen.« Olaf Hansens Antwort war ernüchternd.

»Trotz der wilden Schießerei auf der Ostsee?«, fragte der alte Bartelmann. Er bediente sich ausgiebig von der Fischplatte und schaufelte eine ordentliche Portion Bratkartoffeln auf seinen Teller.

»Unsere Gesetze sind zu lasch«, befand ich und tat es ihm gleich.

»Nicht gegen die«, widersprach Hanna Hansen, »die eine wirklich harte Rechtsprechung verdient haben.«

Hanna war eine zierliche, rüstige Rentnerin mit zerknittertem und stets verschmitztem Gesicht, ihre grauen Haare trug sie hochgesteckt zu einem Dutt.

Sie hatte Bratkartoffeln mit viel Speck und Zwiebeln gereicht, dazu Rote Beete und wahlweise Weißkrautsalat oder saure Gurken. Vier Sorten Fisch eiferten um die Gunst der Gäste: gebratene Scholle, gekochter Dorsch, gedünsteter Lachs und geräucherter Aal. Also für jedes Leckermäulchen gab es einen speziellen Fisch oder für jeden wirklichen Feinschmecker von jedem etwas. (Übrigens, einen aus diesem Fischquartett fischt man nicht in der Ostsee.)

Hannas weiße Katze räkelte sich jetzt, streckte sich und sprang von der Fensterbank.

»Was spricht gegen Hecht als Mörder?«, wollte der alte Bartelmann wissen.

Uns Uwe hatte seinen Spitznamen nach einem bekannten deutschen Fußballidol der 1960er Jahre bekommen, nachdem er im Finale um die Wismarer Betriebssportmeisterschaft im Jahre 1980 ein ähnlich akrobatisches Kunsttor mit dem Hinterkopf köpfte wie sein berühmter Hamburger Namensvetter zehn Jahre zuvor.

»Hecht ist ein kleiner Fisch.«

Olaf Hansen stopfte sich seine Pfeife.

Und sein Pendant S. K. Möller räusperte sich und begann zu erklären:

»Hecht umgarnt gerne schöne Frauen, er macht da keinen Unterschied. Er schmückt sich mit Eroberungen, als wären es Pokale. Doch für einen eiskalten Mörder redet er zu viel. Er versteht es, von Beginn an die Frauen zu beeindrucken, mit seinem verwegenen Aussehen, mit seiner enormen Potenz und natürlich mit seinem schicken Boot. Ob das alles ehrlich oder nur vorgegaukelt ist, ist dabei vollkommen ohne Belang. Gunnar Hecht versucht mit allen Mitteln, die Frauen herumzukriegen, flachzulegen, wie er es selbst ausdrücken würde, um damit sein persönliches Ego zu füttern. Vielleicht ist er sogar süchtig nach Sex, aber das wäre dann auch schon das Merkwürdigste an ihm. Er kennt keinen Hass. Er kennt kein kaltes Kalkül. Hecht ist zudem nur unterdurchschnittlich intelligent. Doch Hass, Kalkül und Intelligenz sind die Qualitäten, die unseren Mörder auszeichnen.«

»Komische Qualitäten!«, kommentierte Frau Hansen.

Ihr Ole hatte wenig Appetit. Die Makrele fehlte. Obwohl Bartelmann und Möller noch kräftig zulangten, stopfte und entzündete er sich seine Pfeife, der süßliche Qualm breitete sich in der Küche aus. Die Katze strich um die Tischbeine und miaute anklagend.

Hanna stand auf, öffnete eine obere Fensterluke und schenkte bei der Gelegenheit noch einmal nach. Hauptkommissar a. D. Uns Uwe nahm einen kräftigen Schluck aus seinem vollen Bierglas.

»Lecker! Wismarer Pils!«, bekannte er kennerhaft. »Das beste Bier der Welt!«

»Übertreiben Sie da nicht ein wenig?«

»Im Gegensatz zu Ihnen, lieber Herr Strauß, kann ich es mir erlauben, nicht zu übertreiben.«

Er grinste breit, und mit einem Augenzwinkern prostete er mir zu, wir stießen mit den Gläsern an, der Fisch musste schwimmen.

Hanna war die perfekte Gastgeberin, sie hatte ihre Küche im Griff und folgte gleichzeitig konzentriert dem Verlauf des Gesprächs. Ein hohes Maß an Offenheit, gesunder Neugier und Wachsamkeit, bemerkenswert für eine immerhin vierundsiebzigjährige Rentnerin.

»Kennen Sie den Begriff vom Schleimaal-Verkehr?«

Mir fiel ein Stück Räucheraal geräuschvoll von der Gabel. Bartelmann kicherte. Hansen guckte ungläubig seine Mutter an, die verschmitzt in die Runde schaute.

»Aber Mama!«

Olaf Hansen war einiges gewohnt von seiner aufgeweckten Mutter. Er hatte sie bestimmt auch in diesem Fall mit dem Stand der Ermittlungen vertraut gemacht, auch wenn er das nie zugegeben hätte. So wunderte es eigentlich nicht, dass sie sich ihre eigenen Gedanken zum Mörder von Wismar machte.

»Nö. Nicht dass ich wüsste.«

Möller mochte es gar nicht, wenn auf seinem Feld geackert wurde, nur bei solch einer netten Gastgeberin blieb ihm nichts anderes übrig, als es schweigend zu akzeptieren.

»Hab ich mal drüber gelesen«, begann Hanna mit gesenkter Stimme. »Ein Schleimaal verbuddelt sich im Schlamm, um möglichst lange unerkannt zu bleiben, und lauert dort unten die ganze Zeit auf Beute – Kadaver, die auf den Meeresgrund sinken. Er saugt dann ganze Fleischbrocken oder die Eingeweide heraus und in sich hinein. Ein Aasfresser, der sich pausenlos von einem Fischkadaver zum nächsten frisst. Wenn ich das richtig behalten hab. Aber fortpflanzen tut er sich am liebsten nur mit sich selbst, denn der Schleimaal ist Frau und Mann in einem. Komisch, nicht? Der will gar keinen Verkehr mit anderen, und wie zur Abwehr sondert er Schleim ab.«

Hanna Hansen kratzte ein paar letzte Bratkartoffeln von ihrem Teller, schob sie sich genüsslich in den Mund und meinte kauend: »Schleimaal-Verkehr bedeutet nun, soweit ich Bescheid weiß, dass der Mann gar nicht will. Komisch, nicht? Dass er sich bei der Eroberung und Berührung einer Frau unterschwellig ekelt. Er muss eine nach der anderen begatten, soweit ich das richtig einordnen kann, genießt aber gar nichts, sondern könnte sich glatt übergeben. Komisch, nicht? Ein gestörter Jäger, für den eine Frau kein Mensch mit Herz und

Seele, sondern nur ein lebloses Stück Aas ist. Wenn ich das richtig verstanden hab. Grässliche Sache, so ein Schleimaal-Verkehr. Und gar nicht mehr komisch. Würde ich mal behaupten.«

Interessant, dachte ich und stopfte mir genussvoll mein letztes Stückchen Lachs hinter die Kiemen. Mir gefiel Hannas offene Art, dennoch herrschte kurzzeitig betretenes Schweigen. Im Hintergrund hörte ich die schlichte Glocke der kleinen Heilig-Geist-Kirche leise siebenmal zur vollen Stunde schlagen.

Die wenigen Reste eines wirklich bemerkenswerten Fischgerichtes wanderten gerade in den braunen Biomülleimer, die Katze konnte nicht anders und streunte gierig drum herum, als Hanna sich abrupt wieder ihren Gästen widmete und voller Enthusiasmus fragte:

»Wenn nicht der Gunnar, wer dann?«

Alle dachten das Gleiche, aber keiner mochte es zugeben oder offen ansprechen. Das Sondereinsatzkommando aus Schwerin hatte den engen Monatsetat der Wismarer Polizeidienststelle fast gesprengt. Hansen konnte sich keinen weiteren Fehler mehr erlauben. Dass der Möwenkopf-Mann dann doch noch in die Kommandantur spaziert war und, das war das eigentlich Entscheidende, unbeobachtet auch wieder hinaus, das hatte das Fass fast zum Überlaufen gebracht.

Die Hannemann, hieß es, hatte eruiert, ob man Hansen den »Ober« vor dem »Kommissar« nicht nachträglich wieder streichen könnte. So sauer war die Bürgermeisterin. Doch das ging nicht ohne Zustimmung der Polizeigewerkschaft, und Hansen war dort seit zwanzig Jahren zahlendes Mitglied. Es tat dabei auch nichts zur Sache, dass der Dolch, den Hansen in der Gruft auf dem Poeler Friedhof konfisziert hatte, nicht identisch war mit dem Messer, das beim Mord an Doreen Stawowy aus Hamburg verwendet worden war.

Wie auch immer, seit letztem Donnerstag hatte den Möwenkopf-Mann logischerweise niemand mehr zu Gesicht bekommen, selbst auf Pikes Fotos vom Salzhaff heute Morgen hatte sich kein Vogelkopf eingeschlichen. Vielleicht war dieses Mal die Tote aber auch nur schon zu lange tot oder im Haff-Eis selbst für Möwenkopf-Argusaugen zu gut versteckt. Jedenfalls hatte Hansen ihn zur Fahndung ausgeschrieben, wenn er auch ahnte, dass der Steckbrief vage und die Festnahme eines Gesuchten, der weder einen bürgerlichen Namen noch einen festen Wohnsitz hatte, ein schwieriges Unterfangen darstellte.

Der Möwenkopf-Mann war de facto vogelfrei.

»Wir tappen im Dunkeln, solange wir nicht den Grund für die Verwendung des Fischbluts kennen.« Der alte Bartelmann brachte es kurz und knapp auf den Punkt.

»Was meinst du dazu, Ole? Ist doch komisch, nicht?« Hanna guckte ihren Sohn auffordernd an.

»Tja, da liegt die Makrele im Pfeffer, um es salopp zu formulieren. Sönke Knut, sind Sie da schon weiter gekommen?«

Das war mir schon bei unserem kurzen Zusammensein in der Kommandantur aufgefallen: diese merkwürdige Art, die Leute mit ihrem Vornamen anzusprechen, sie dann aber zu siezen.

Der Möller war ein eingebildeter Fatzke, ich fragte mich nicht das erste Mal, was eine so stilvolle und herzliche Frau wie Christine an diesem Lackaffen fand. Ich nahm mir vor, es noch am selben Abend herauszufinden.

Nur eines musste ich dem Polizeipsychologen neidlos anerkennen: Stellte man ihn in seinem Fachgebiet auf die Probe, war die fundierte Analyse nicht weit.

»Das Fischblut ist ein Element der Inszenierung. Ein Ritual, an dem wir seine Handschrift erkennen sollen. Der Mörder weiß, dass wir es wissen. Es war nur eine Frage der Zeit, bis wir zu Spürhunden auf seiner Fährte wurden. Um es mal ähnlich salopp zu formulieren.«

»Schönes Bild. Die Spürhunde sind los.«

Ich nahm mir vor, dieses Motiv gleich in den nächsten Artikel mit einzubauen. Hanna wollte mir noch mal einschenken, ich lehnte dankend ab.

»Spürhunde halten die Schnauzen in den Wind und riechen den Köder. Und um bei Ihrem sehr anschaulichen Exkurs zu bleiben, Frau Hansen, wussten Sie, dass ein Aal zum Beispiel einen Tropfen Fischblut sogar dann noch wahrnehmen könnte, wenn er mit dem Wasser der gesamten Ostsee verdünnt wäre?«

Möller guckte triumphierend in die Runde. Hannas Kätzchen hatte sich nach dem Verzehr eines leckeren Fischrestes wieder auf seinem Stammplatz auf der Fensterbank zusammengerollt.

»Sein wichtigstes Sinnesorgan ist nämlich der Geruchssinn. Der Aal kann Hunderte von Kilometern weit riechen. Er durchpflügt quasi mit seinen Nasenöffnungen das Meer, wie bei einer Rasterfahndung von links nach rechts, von oben nach unten und umgekehrt, bis er schließlich auf etwas für ihn Verwertbares stößt. Da könnten wir bei der Kripo tatsächlich noch etwas von lernen.«

»Vom Aal! Das ist komisch!«

Hanna mochte die Vorstellung, sie fing an, amüsiert zu lachen, und wollte gar nicht mehr aufhören.

Sollten sie ruhig alle lachen, kein Reporter der Welt würde freiwillig und ohne Not einen Wissensvorsprung preisgeben. Deshalb war ich weit davon entfernt, auszusprechen, um welche besondere Art von Lockstoff es sich handelte. Lachsblut, hatte der Mörder merkwürdig ins Telefon gehaucht und dann eiskalt geschwiegen, sodass ich noch jetzt eine Gänsehaut bekam. Und danach hatte er noch einmal völlig absonderlich in den Hörer gelacht …

Vor allem die Laborratten und Kriminaltechniker mussten noch kräftig dazulernen. Wie konnten die Spurensicherung und die gesamte Forensik an der Uni in Lübeck bei den Untersuchungen der beiden ersten Toten, Katharina Reich und Susanne Stein, keinen Fisch riechen?

Egal, auf welche Weise ein Opfer umgebracht wird, eine Blutuntersuchung sollte ja wohl obligatorisch sein. So etwas regte mich auf. Unprofessionell musste man das nennen oder einfach nur stümperhaft.

»In den Augen des Mörders sind wir die reinsten Stümper! Wir sehen nicht unter die Oberfläche und riechen schon gar nicht bis auf den Grund!«, philosophierte Möller munter weiter.

»Wir wissen derzeit nur, dass es sich um künstliches Fischblut handelt.«

Bartelmann pfiff leise und anerkennend durch die Zähne und hob sein Glas, um uns zuzuprosten. »Künstliches Fischblut! Mein lieber Schwan! Nicht schlecht. Damit können die Angler unter uns doch sicher schon was anfangen.«

Die Gläser stießen über dem Küchentisch geräuschvoll aneinander. Ein Hoch auf unsere Gastgeber und die norddeutsche Gemütlichkeit!

»Exakt!«, bestätigte Möller Uns Uwes ungefähre Vorstellung. »Wir wissen, dass künstliches Fischblut beim Hochseeangeln verwendet wird. Das ist zwar nicht in allen Ländern und Gewässern legal, aber hergestellt und verkauft werden darf es trotzdem.«

»Wozu?«, fragte ich und nippte am Glas.

»Ein Lockstoff für große Haifische oder Schwertfische oder Barrakudas. Die Angler kippen das Zeug über Bord, und in null Komma nichts sind sie von den gierigsten Jägern der Weltmeere umzingelt.«

Von der Fensterbank kam ein müdes Schnurren.

»Aber soweit ich Bescheid weiß, ist das doch hier die Ostsee.« Hanna schien das zu verwirren, sie fügte erbost hinzu: »Dann soll der Mörder seine ollen Köder doch im Pazifischen Ozean wegwerfen und nicht bei uns in Mecklenburg. Ole! Nun sag doch mal – das ist doch alles Tüddelkram! Oder nicht?«

»Mutter! Wie Sönke Knut schon früher sagte, handelt es sich um Ritualmorde. Da erscheint nichts nach simpler norddeutscher Logik gestrickt.«

Hansen guckte unsicher und leicht überspannt S. K. Möller an und hoffte auf eine Bestätigung.

»Genau, Olaf. Der Köder ist ein Symbol. Die mysteriöse

und persönliche Kennzeichnung der Opfer durch den Mörder! Das Fischblut steht vermutlich für einen völlig anderen Sachverhalt. Es handelt sich um eine Art Gleichnis, wenn Sie verstehen, was ich meine.«

Der Möller war dem Mörder auf der Spur, kein Zweifel. In diesem Moment der Bierseligkeit waren wir vielleicht der Wahrheit so nah wie nie zuvor. Ich wagte auch das nicht offen auszusprechen, es war nur so ein euphorisches Gefühl in mir. Das war der Stoff, aus dem Reporterträume sind.

»Sie müssen verzeihen«, Möller guckte mich mit festem Blick an, »aber für mich gehört nach wie vor Ihr Kollege Franz Pickrot zu den Verdächtigen.«

»Och, nicht der schon wieder!«, begann Olaf Hansen zu lamentieren.

Aber S. K. ließ sich nicht mehr stoppen.

»Er hat ein zweifelhaftes Verhältnis zum anderen Geschlecht, treibt sich überwiegend in Bordellen herum, und die Reifenspuren sprechen nach wie vor klar gegen ihn.«

Er trank sein volles Bierglas mit einem Zug halb leer und wischte sich den Schaum vom Mund.

»Ich dachte, der hängt immer im Maxim herum?«, warf Bartelmann ein.

»Zudem würde meine Theorie der Multiplen Persönlichkeitsstörung für Franz Pickrot zumindest vorstellbar sein. Er ist erfolgreich im Beruf, taucht aber phasenweise unter, ohne dass jemand genau weiß, was er dann treibt. Vielleicht weiß er es selber nicht.«

»Das ist nichts Besonderes, das passiert mir auch schon mal«, entgegnete Uns Uwe schon leicht angeheitert.

Hanna lachte und schlürfte von ihrem Sherry. Der Kommissar schien gerade ein bisschen müde und rieb sich die Augen. Möller schenkte sich selber noch mal nach und kam jetzt richtig ins Rollen.

»Man sollte ihn einmal dahin gehend überprüfen, ob er unter Erinnerungslücken leidet. Ein typisches Phänomen der Dissoziation.«

»Der was?«, fragte Hanna. »Das klingt aber komisch.«

»Der Betroffene kann sich an Teile seiner eigenen Vergangenheit nicht mehr erinnern. Die Lücken können Zeiträume von Minuten, Stunden, aber auch Tagen umfassen.«

Interessant, dachte ich nochmals und nippte an meinem Glas. Bloß nüchtern bleiben, der Abend hatte gerade erst begonnen.

»Ich habe seine Alibis überprüfen lassen, seine Gastgeberinnen im Maxim erinnern sich genau an eine beeindruckende Potenz und damit an seine Anwesenheit.«

Hansen paffte an seiner Pfeife.

»Huren sind da, um bezahlt zu werden.« Der alte Bartelmann wirkte zwar vom Wismarer Pilsener schon ein bisschen benebelt, hatte aber selbst mit einem gewissen Promillegehalt eine knochentrockene Art.

Ich war ihm zu seiner aktiven Zeit nie persönlich begegnet, aber sein Ruf eilte ihm voraus. Jeder mochte ihn, er trug das Herz am richtigen Fleck, und er war stadtbekannt wie sonst wahrscheinlich nur Lotte Nannsen. Aber vielleicht hingen der Sympathiewert und der Bekanntheitsgrad in Wismar auch mit dem fortgeschrittenen Alter zusammen.

Hannas weiße Hauskatze war mittlerweile eingeschlafen und schnarchte leise vor sich hin.

»Du meinst, er hätte sie schmieren können?«

Hansens Frage wurde von Uns Uwe nur mit einem kurzen Achselzucken beantwortet, was so viel heißen sollte wie: Warum nicht?

»Wie steht es mit Ihnen, Herr Strauß?« Hanna guckte mich mit blitzenden Augen herausfordernd an.

»Was halten Sie … zum Beispiel … von Gregor Mahlzan?«

Die Frage überraschte mich, ich wusste nicht, worauf sie hinauswollte.

»Was soll ich von ihm halten? Er ist mein Chef, er fördert mich, er bezahlt mich. Er hält die Hand schützend über mich. Mehr kann man nicht verlangen.«

»Welch Schelm, der Schlechtes dabei denkt.«

Sie grinste, die anderen stimmten schmunzelnd zu.
»Wie meinen Sie das?«
»Man munkelt, wenn ich das richtig verstanden hab«, begann Hanna, »dass der Mahlzan bereits eine ganze Weile unter Druck steht. Die Verkaufszahlen gingen stetig zurück, die Werbeanzeigen auch. Wenn ich das jetzt nicht verwechselt hab.«
»Das ist richtig, das hab ich auch gehört.«
Olaf Hansen war etwas verlegen und betreten, denn die Informationen konnte seine Mutter eigentlich nur von ihm haben.
»Der Geschäftsführer und der Verleger hätten ihn im letzten Jahr mindestens dreimal in kürzester Zeit zu sich in die Zentrale nach Hamburg zitiert. Komisch, nicht?«
Sie drehte sich wieder zu mir und fragte zweifelnd: »Haben Sie das nicht mitbekommen?«
Ich schüttelte den Kopf, war aber gespannt wie ein Flitzebogen, welche weiteren pikanten Details über meinen Chef noch die Runde machen würden. Malle, der Mörder! – Das war ja mal eine ganz neue, außergewöhnliche Sichtweise auf die Dinge.
Hansen linste fahrig in sein Bierglas, und Hanna spielte mit dem Sherrygläschen und fuhr unvermindert fort, wilde Spekulationen über meinen Redaktionsleiter zusammenzutragen.
»Der große Zampano stand kurz vor seiner Absetzung. Soweit ich Bescheid weiß, hat der Serienmörder von Wismar das Blatt für den BLICK und für Mahlzan persönlich zum Guten gewendet. Komisch, nicht?«
»Das ist kein Grund, gleich zum Mörder zu werden«, hielt ich vage dagegen.
»Das ist kein Grund? Es sei Ihnen verziehen, Sie sind jung und naiv!«, verbesserte mich Uns Uwe Bartelmann und nahm einen weiteren kräftigen Schluck von seinem Wismarer Pilsener.
Der Kommissar wollte nicht zurückstehen und stieß mit seinem Vorgänger kollegial an. Das befruchtende Abendessen

artete langsam zu einem feuchtfröhlichen Gelage aus. Ich hatte noch anderes vor und hielt mich deshalb weiterhin zurück.

»Ich kenne Gregor schon von klein auf.« Möller bemühte sich, Ruhe zu bewahren, und wurde dabei immer redseliger. »Er war immer ein Querkopf, der bei Obrigkeiten gerne aneckte. Aber er war auch immer beliebt, vor allem bei den Mitschülern.«

»Bei den Mädchen, wie?« Hanna zwinkerte mir zu.

»Ja, genau, die Mädchen liefen ihm schon damals nach«, ereiferte sich Möller. »Was das anging, hatte er sich nie zu beklagen.«

Der Kommissar klopfte seine Pfeife aus und nickte verständnisvoll. Bartelmann lachte verschmitzt in sich hinein.

»Nicht nur einmal spannte er mir mit seinem frechen Charme meine Angebetete aus.«

Möller hing schwärmerisch Jugenderinnerungen nach. Ärger über das damals Geschehene war ihm jedoch nach dem vierten Halben wirklich nicht mehr anzumerken.

»Aber ich konnte ihm nie wirklich böse sein, er war trotzdem stets ein guter Freund.«

»Der beste Freund!«, unterbrach ihn Hanna flachsend.

»Der Beste, genau. Später, während des Studiums, trennten sich unsere Wege, dennoch kann ich mit Fug und Recht behaupten, Gregor wirklich gut zu kennen.«

Er räusperte sich und hob dann in Manier eines Oberlehrers seinen Zeigefinger in die Luft. »Und eine ernste Persönlichkeitsstörung hätte ich längst bemerkt. Gregor Mahlzan ist vielleicht ein Lebemann …«

»Hui, hui!«, machte Bartelmann und grinste Hanna an, doch Möller gab so schnell nicht auf.

»… Will man ihn kritisch beurteilen, ist er vielleicht so etwas wie ein Hallodri mit Machoallüren, aber er ist kein Mörder.«

Olaf und Uns Uwe nippten schweigend an ihrem Bier, Hanna stellte sich die Flasche Sherry auf den Küchentisch und schenkte sich lächelnd ein weiteres Schlückchen ein.

Das war eine dünne Verteidigungsrede, das wussten alle. Entweder konnte der Möller gerade nicht besser, oder er wollte in diesem Fall nichts anderes. Auf seinem beruflichen Terrain seine persönliche Psyche zu beurteilen, fiel mir schwer. Stimmte aber meine zweite Schlussfolgerung, blieb ein heikler Nachgeschmack zurück.

»Warum denkt niemand in dieser Runde auch nur einen Moment an Manfred Kemmann?«

Meine Frage implizierte eine Feststellung, die überraschenderweise kaum Proteste hervorrief.

»Er sitzt seit zwanzig Monaten im Knast«, meinte Hansen, seine Pfeife mit einer winzigen Bürste säubernd, »und das auch noch wegen Messerstechereien.«

»Er ist Freigänger und hat keine stichhaltigen Alibis für die Nächte, wenn ich das richtig mitbekommen hab, da seine Freundin nach Mitternacht auf der Ostsee ihren Lebensunterhalt verdienen muss. Gar nicht komisch, finde ich.« Hanna Hansen hatte auch hier ihre Hausaufgaben gemacht, sie stieß fast unbemerkt auf und guckte entschuldigend in die Runde.

»Manni hat überhaupt kein Motiv!«, ergänzte Bartelmann kurz und präzise und gähnte dabei völlig ungeniert.

Möller tat der Wechsel zu Messer-Manni gut, er bekam schon wieder seinen überheblichen Blick wie vor ein paar Tagen in seinem privaten Büro auf Poel, nur ein bisschen glasiger.

»Wissen Sie, Herr Strauß, die Dinge sind nie so einfach, wie sie sich in vielleicht fünfzig Zeilen auf einem weißen Blatt Papier darstellen lassen. Im Fall des verurteilten Messerstechers sprechen zu viele Gerüchte und genügend Indizien für solch einen Verlierertyp wie Kemmann, und genau deshalb spricht alles gegen ihn als mehrfachen Mörder.«

Möllers abwegige Pseudologik in allen Ehren, aber ich hatte meine eigene Theorie, und die sollte schon sehr bald durch glasklare Beweise Nahrung erhalten. Er schaute mich an, fast ein wenig durchdringend, und hielt mir jovial sein Bierglas hin.

»Nichts für ungut, Herr Strauß. Ich heiße übrigens Sönke Knut!«

»Norbert.«

Ich stieß mit ihm an, und auch die anderen ließen sich nicht zweimal bitten.

»Prost!«, rief Möller.

»Prooost!«, antwortete der Kommissar erleichtert.

»De Fisch möt swemmen!«, ergänzte Uns Uwe begeistert auf Plattdeutsch.

»Prösterchen! Norbert!«

Das war Hanna mit ihrem klingenden Sherryglas.

»Wer weet«, kicherte sie im breitesten Platt mit einem Augenzwinkern in meine Richtung, »villicht is dat je ok de Ilse …«

Das war nun wirklich komisch. Denn an die Hannemann hatte bislang noch niemand einen Gedanken verschwendet. Ein gemeinsames Lachen ging wie eine nicht enden wollende La-Ola-Welle um den Küchentisch. Das weckte und scheuchte Hannas Katze auf, die genervt von der Fensterbank sprang und sich schnurrend irgendwo im Haus ein ruhigeres Plätzchen suchte.

Der ganze Abend war über weite Strecken sehr unterhaltsam gewesen. Das Wismarer Pilsener war mittlerweile wirklich das beste Bier der Welt. Dennoch war für mich die Zeit gekommen, mich zu verabschieden. Im Hause Hansen erstmalig zu Gast, wollte ich mich nicht zu lange aufdrängen.

Und wenn Sönke Knut gewusst hätte, zu wem mich meine nächste Verabredung führte, hätte er sich das letzte Wortgeplänkel sicher auch erspart.

»Wie lange braucht das denn, Norbert?«

Er fixierte seinen Zeigefinger und deutete dann auf meine Nase.

»Die Ärzte meinen, zwischen zwei und drei Wochen.«

»Na dann.«

Ich schnappte mir meine muffige Jacke und verabschiedete mich von jedem per Handschlag. Ole, S. K. und Uns Uwe grüßten, blieben aber am Küchentisch sitzen und schauten angetütert und gedankenverloren in ihre tiefen Gläser.

Während mich Hanna zur Haustür begleitete und ich mich bei ihr für die Gastfreundschaft und die vorzügliche Nordische Fischplatte bedankte, verfestigten sich mein Eindruck und vor allem Christine Möllers Vorhersage, dass nicht nur mein Abend noch ein längerer werden würde.

Sie hatte am Telefon geschätzt, dass sie ihren Ehemann frühestens um Mitternacht in der heimischen Villa Am Schwarzen Busch erwarten durfte. In Hanna Hansens Küche saß die geballte wismarsche Kriminalistik gewiss noch eine Weile beisammen und brütete bei Bier und Sherry über die Auflösung des Falles und damit indirekt über das Ende meines Tagebuchs.

Doch bevor es so weit war, würden noch ein paar Kapitel folgen. Denn die Ereignisse in den kommenden Tagen sollten sich geradezu überschlagen.

***

Das nächste Kapitel führte mich per Leihwagen und ohne Umwege zum Badeort Am Schwarzen Busch auf der Insel Poel. Das Möller'sche Reetdachhaus in der kleinen Siedlung wirkte in der Abendstimmung sehr einladend. Dennoch parkte ich den Wagen sicherheitshalber ein Stück die Straße hinunter und auf der gegenüberliegenden Seite.

Schon aus der Entfernung sah ich durch die Fensterfront des Wohnzimmers einen brennenden Kamin, der warmes Licht verströmte.

Eine Seemöwe flog über mir kreischend eine ihrer letzten Runden. Es war jetzt kurz vor neun Uhr und die Insel schon ziemlich düster. Wenige Meter entfernt hörte ich das Rollen der Ostseewellen.

In der Villa wartete eine atemberaubende Christine. Ein Hauch schwarzer Seide umschmeichelte ihre Schultern und ihre spitzen Brüste – eindeutig Birnentitten, da stand ich total drauf!

Nachdem sie sich noch einmal vergewissert hatte, dass ihre kleine Nele im Kinderbettchen träumte, ging alles ganz schnell. Die Mama zog den Plastiknasenmann nicht nur zur gemeinsamen Verkostung eines exzellenten portugiesischen Alentejanos ins Möller'sche Ehebett. Der Tropfen war zu allem Überfluss auch noch aus dem sündhaft teuren Sortiment des Weinkellers ihres Sönke Knut stibitzt.

Nachdem sie das erste Glas überstürzt gekippt hatte, ging Christine augenblicklich ab wie eine Rakete. Ich leider auch. Denn während sie unersättlich und permanent die Milchstraße hoch- und runterschoss, fühlte ich mich wie auf einer Apollo-Mission und sendete pausenlos SOS-Morsezeichen mit dem unverschlüsselten Code: Houston, wir haben ein Problem!

»Macht nichts«, meinte sie mit zitternder Stimme von Wolke sieben weich gelandet, »das kann jedem einmal passieren.«

Sie nahm mich in die Arme. Es juckte unter der Nasenmaske – ausgerechnet jetzt. Noch einmal wälzten wir uns wie auf einer Weltraumodyssee kreuz und quer durch die Möller'sche Satin-Bettwäsche. Eine geile Mutti, die Christine. Trotzdem.

Ich fühlte mich wie verschlungen im Schwarzen Busch auf Poel in dieser Nacht der Nächte mit Christine, der Mama von Nele und der Frau von …

Da knallte eine Tür ins Schloss. Der Fick meines Lebens endete abrupt, und das, bevor er überhaupt richtig begonnen hatte. Der Wein hatte es in sich, mit Mühe schaffte ich es in die Hose, schnappte mir Hemd, Jacke und Schuhe, verspürte einen mächtigen Schubser von Christine in meinem Rücken und eierte über die dunkle Holztreppe in das untere Stockwerk hinab. Dabei donnerte ich mit der Stirn und Schmackes gegen einen ungünstig verbauten Deckenpfeiler.

Das vibrierende Kopfweh, das ich kurzzeitig bis in die Fußsohlen verspürte, schluckte ich hinunter und hüpfte auf einer Socke den rutschigen Weg über die Kellerfliesen entlang. Bevor ich mich durch den Hinterausgang in den Garten rettete, war ich zweimal böse und schmerzhaft gestrauchelt, weil ich in der Finsternis die Kurve nicht mehr sauber gekriegt hatte.

Der Mond schien hell, verhinderte jedoch auch nicht, dass ich am Ende der Flucht mit meiner Jacke an den Stacheln eines Brombeerstrauchs hängen blieb. Es machte ein geräuschvolles Ratsch! Und das Innenfutter hing in feinen Fetzen vom Jackensaum herunter. Irgendwie glaubte ich nicht mehr an Zufall.

Durch die Fensterfront sah ich jetzt den gehörnten Ehemann mit einer Flasche vor dem Kamin stehen. Anscheinend wollte er sich nach dem reichhaltigen Fischessen noch einen letzten Schlummertrunk gönnen und hatte den Besuch des kauzigen Reporters Nobbi Strauß bei seiner Frau noch nicht bemerkt.

Er wankte ein wenig und bohrte sich mit einem Zeigefinger selbstvergessen im Ohr herum, als ob ihn dort drinnen im Gehörgang irgendetwas total nerven würde. Das wehklagende Geschrei der Seemöwe direkt über mir konnte nicht der Grund dafür sein, auch wenn ihr spätes Gezeter ziemlich lautstark war.

Nur eines schien mir sicher: Möller musste von Hansens Küchentisch viel früher aufgebrochen sein, als wir beiden Turteltauben es übereinstimmend vorhergesagt hatten.

Eine wilde Hilde trat jetzt verschlafen und im Morgenmantel an seine Seite. Er nahm sie in den Arm, ein unwirklicher Anblick. Mir wurde ganz mulmig zumute.

Es war irgendwas nach zehn und leider schon Zeit für mich zu gehen.

10

Mittwoch, den 11. März – am frühen Vormittag

Der nächste Tag begann ungewöhnlich ruhig, ein grauer nasskalter Vormittag, an dem sich die Möwen zu ihren Flugeinlagen über der Altstadt versammelt hatten, wohl weil die unmittelbare Küstenlinie und das offene Meer heute selbst für solch zähe Vögel zu unangenehm waren. Vielleicht hatten sie aber auch einmal mehr andere Gründe, die wir nicht kannten, uns einen erneuten Besuch abzustatten.

Aus dem Fenster schauend hing ich verträumt dem Gedanken nach, dass niemand, außer vielleicht der Möwenkopf-Mann, in der Lage sein könnte, ihre Gedanken zu lesen.

Ansonsten passierte nicht sehr viel, außer dass auf dem kleinen Parkplatz vor der Ankerklause gleich schräg gegenüber von unserer Redaktion im Entenweg der Pick-up vom Kollegen Franz Pickrot in diesem Augenblick interessanterweise von meinem speziellen Freund Dr. Sönke Knut gewissenhaft unter die Lupe genommen wurde.

So wie er das Fahrzeug in Augenschein nahm, so konzentriert beobachtete ich den Mann von Christine, der hier anscheinend auf eigene Faust polizeiliche Untersuchungen anstellen wollte. Wenn das mal mit Hansen abgesprochen war!

Ich öffnete ein Fenster in der Redaktion im ersten Stock, schnappte mir ein dickes Kissen und machte es mir wie eine der verwitweten alten Wismarer Damen, die reihenweise neugierig die Nachbarschaft beäugten, auf der Fensterbank bequem.

Schau an, der Möller kniete sich zu den 19-Zöllern und betatschte das Profil der 275er Reifen. Dabei war die Sache mit Pickrot doch längst durch, dachte ich, nur anscheinend für den Doktor nicht. Er tat gerade so, als wolle er auf Biegen und Brechen dem Pickrot etwas anhängen.

Sönke Knut pulte mit einer Pinzette eingefahrenen Dreck aus den Gummirillen und ließ ihn in einen kleinen Plastikbeutel rutschen. Merkwürdiger Anblick, der Psychologe als Spurensucher. Und dann so ungeniert, am helllichten Tag, ohne sich dabei beobachtet zu fühlen. So etwas traute man sich eigentlich nur aus starker Erregung heraus. Oder vielleicht war er einfach vom gestrigen Gelage noch nicht wieder gänzlich aufm Damm.

Jetzt umrundete er noch einmal das Fahrzeug und suchte akribisch nach Lackschäden. Hatte Pike zwischenzeitlich einen Unfall gebaut? Mir wollte sich die Möller'sche Vorgehensweise nicht auf Anhieb erschließen, und deshalb rief ich ihm zu: »Moin, Sönke Knut!«

Er reagierte kaum, ein kurzer Seitenblick zu mir hoch war alles, und schon kauerte er auf der Beifahrerseite, die von meiner Position nicht einsehbar war. Zu dieser Zeit, das wusste ich, saß Pike immer beim Frühstück in der Kantine, zwei halbe Brötchen mit Ei und ein Pott Kaffee ohne alles.

»Soll ich dir den Pickrot holen?«

»Lassen Sie die Witze!«, gab Möller unwirsch zurück, ohne sich auch nur einen kurzen Moment blicken zu lassen.

»Kann ich dir vielleicht irgendwie weiterhelfen?«

»Können Sie sich eigentlich erinnern, wo Sie gestern nach unserem Fischessen waren?«

Sein Kopf schnellte nach oben und glotzte über die Motorhaube. Selbst in der Entfernung funkelten seine Augen ein bisschen irre, vielleicht war das aber auch einem aggressiven Kater geschuldet.

Ich hatte das untrügliche Gefühl, der Möller war geladen, warum auch immer. Und nach nur einer Nacht war er schon wieder beim förmlichen Sie angekommen. Vielleicht hatte ja seine wilde Hilde gestern Nacht wider Erwarten gesungen? Oder er hatte von sich aus irgendetwas gemerkt, vielleicht am Bettlaken geschnüffelt oder tief in die Augen seiner Frau geguckt. Da hätte er einiges zu lesen und noch mehr zu interpretieren bekommen, der verehrte Doktor der Psychologie.

Dennoch begriff ich nicht den Zusammenhang zu Reifenspuren oder Lackkratzern an Pikes Pick-up.

S. K. kam jetzt herüber vom Parkplatz und baute sich unter mir vor dem Fenster auf.

»Sie kommen sich ungeheuer clever vor, wie, Strauß?«

»Nö, nicht dass ich wüsste.«

»Obwohl, clever sind Sie sogar. Zumindest cleverer, als ich Sie anfänglich eingeschätzt habe.«

Er war zerknirscht. Trotzdem war ich schon neugierig, wie er das meinte, ließ mir aber nichts anmerken und schaute stattdessen den eleganten Flugmanövern der Möwen nach.

»Sie haben ein Gespür, Strauß! Ein Gespür für die Psyche des Täters. Ich hatte anfänglich sogar ein wenig Angst um Sie. Doch braucht man keine Angst um Sie zu haben. Sie scheinen gut präpariert zu sein und vor allem besser zu recherchieren, als die meisten von uns das bislang vermutet haben.«

Was wollte er von mir? Warum sagte er nicht frei heraus, was er dachte? Ging es hier wirklich um mein Tagebuch eines Mörders oder um die Konfrontation zweier Männer um ein und dieselbe Frau?

»Und Sie hören zu! Das tut nicht jeder. Viele der Fakten, die Sie da niederschreiben, haben Sie von mir. Sie sind ein Zuhörer, ein guter Zuhörer. Sie sind beruflich ein Schlitzohr! Das ist Ihr großes Plus, Strauß.«

»Möller!«, gab ich pampig zurück.

»Strauß! Ich gebe Ihnen einen guten Rat: Bleiben Sie bei Ihren Angelegenheiten und bei Ihrem Mörder.«

Seine Stimme wurde schrill, und er drohte mir mit dem wedelnden Zeigefinger. »Aber lassen Sie Ihre schmutzigen Finger von meiner Frau! Verstanden?«

»Möller?«

»Sie wissen genau, was ich meine. Sie stellen sich nur gerne dümmer, als Sie sind, Herr Strauß!«

»Mein gutes Recht.«

S. K. guckte mich ungewöhnlich lange scharf an. Ich weiß nicht, was er sich davon versprach. Mich jedenfalls beeindruckte solch ein durchbohrender Blick eines gehörnten Ehemanns ganz und gar nicht. Vielleicht versuchte er aber auch nur, auf seiner Psychoschiene zu reiten und mich auf meinem Kissen wie auf seiner Couch in meine seelischen Bestandteile zu zerlegen.

Der Flurfunk hatte recht, er war genau der Seelenklempner, für den ihn viele hielten. Ganz schön unangenehm, vor allem für jemanden wie mich, der im fremden Gehege wilderte.

»Was wollen Sie mit der Tüte voll Dreck?«

Ich deutete auf seine kleine Spurensammlung, die er in seinen großen Händen hielt.

»Beweise«, antwortete er gelassen.

»Wofür?«, fragte ich, den Sturmmöwen im Gleitflug versonnen nachschauend.

»Fragen! Immer nur Fragen stellen! Das können Sie, wie? Aber es wird schon bald die Zeit kommen, Antworten zu geben!«

Damit drehte er sich auf dem Absatz um und watschelte ohne letzten Gruß den Entenweg hinunter und der Kommandantur am Marktplatz entgegen.

Mir war nicht wohl bei der Vorstellung, dass er mehr ahnte oder gar wusste über mich und Christine und das gestrige Tête-à-Tête. Vielleicht hatte mich aber auch jemand anderes mit Christine gesehen und bei S. K. verpfiffen, oder ich hatte mich durch mein Verhalten selbst verraten.

Komischer Kauz, dachte ich. Kater hin oder her, er sollte ein bisschen vorsichtiger mit der Presse agieren, war nie gut, sie sich zum Feind zu machen. Und bei dem Informationsstand, den ich seit gestern Abend hatte, sollte er vorsichtiger sein, um nicht in meine Schusslinie zu geraten.

Eine Kugel für den Quacksalber! Nicht dass solche Phantasien zu meinem täglichen Gedankengut gehörten, nur wurde es mit echten Emotionen umso leichter, sich in die Seele eines Mörders hineinzufummeln. Auf dem Level angekommen, schrieb es sich für den Reporter fast von selbst. Große Gefühle waren das Salz in der Suppe der Boulevard-Berichterstattung.

Ich knickte den Daumen mit ausgestrecktem Zeigefinger und drückte ab. Die Kugel durchschoss von hinten die Schädeldecke, durchpflügte das Gehirn, durchdrang die S.K.M.-Stirn von innen nach außen und kullerte noch eine Weile über den holprigen Bürgersteig, um dann im Rinnstein zu verenden. Dann pustete ich zufrieden in das imaginäre Loch in der Kuppe meines Zeigefingers.

***

Mittwoch, den 11. März – kurz vor Mitternacht

Die Spürhunde wittern endlich eine erste Fährte. Damit die Spannung erhalten bleibt, musste ich sie selbst legen. Ich kenne kein Erbarmen, nicht einmal mit der eigenen Person. Spürhunde halten ihre Schnauzen in den Wind und riechen den Köder. Dabei hatten sie nicht einmal den Ansatz eines Verdachtes. Inkompetente Schwachköpfe. Jeder Lachs ist schlauer. Und der ist bekanntlich der wahre Selbstmörder.

Während ich mich auf die nächste Aufgabe konzentriere, kümmert sich ein anderes Ich um die Fährte für die Spürhunde. Aber ich bin nicht nur zu zweit, ich bin viele. Ich bin im Spiel mein eigener Kontrolleur und spiele im Leben die Rolle des Charmeurs. Ich bin das Rauschen im Kopf, ich bin das Streben nach Perfektion, ich bin der Schrei des Jungen in der Nacht, ich bin ein Phantast oder auch nur der nette Nachbar von nebenan.

Das Hirn ist eine ausgeklügelte Maschine, es nutzt für viele verschiedene Ichs ganz einfach unterschiedliche Nervenbahnen. So kommt niemand zu kurz und jeder zu seinem Recht.

Jedes Ich hat sein eigenes Netzwerk an Nerven, um sich zu erinnern, um andere Ichs zu unterdrücken, um sein individuelles Ich zu schützen, zu isolieren und zu füttern, aufrechtzuerhalten gegenüber jedem anderen konkurrierenden Ich.

Aus der Leiche im Salzhaff kriechen schon die Würmer. Heike aus Kornwestheim, neunundzwanzig Jahre und Beine bis zum Himmel. Jetzt ist sie schon seit zwei Wochen tot, und die

Spürhunde laufen winselnd von Haus zu Haus, um mit Markierungen im Planquadrat meine Wege zu kreuzen.

In meinen Augen agieren da nur Stümper, die weder unter die Oberfläche schauen noch mit der Nase bis auf den Grund kommen. Wussten Sie, dass ein simpler Aal einen Tropfen Fischblut auch dann noch wahrnehmen könnte, wenn er mit dem Wasser der gesamten Ostsee verdünnt wäre?

Der Lockstoff, die Spritze und das Messer. Alles scheint bereit für einen neuen Akt des Laichens …

Mit einem Mann mittleren Alters tritt sie aus dem »Alten Schweden«, dem feinen Traditionsrestaurant am Marktplatz. Seit ich sie beobachte, schnurrt eine schwarze Katze um meine Hosenbeine. Ich trete das anhängliche Vieh weg. Es verzieht sich mit jämmerlichem Miezen.

Eng umschlungen verabschieden sich die beiden. Der Mann setzt sich in seinen Porsche und fährt mit quietschenden Reifen davon. Jetzt bin ich an der Reihe.

Eva ist Sekretärin bei einer Tageszeitung der Hansestadt Wismar. Die, die sie kennen, nennen sie auch gern die schnelle Eva, weil sie ein italienisches Cabriolet fährt, keinen Alfa Spider, nur einen Fiat Barchetta. Schließlich fährt sie durch die kleine Grützmacherstraße und nicht über den breiten Jungfernstieg.

Dennoch: Wenn sie mit flatternden schwarzen Haaren durch die engen Gassen braust, wirkt sie wie aus einer coolen Schwarz-Weiß-Serie der sechziger Jahre – Emma Peel lässt grüßen.

Doch den Rest dieses Abends ist sie ohne schnellen Wagen unterwegs. Das letzte Stück auf ihrem Weg nach Hause geht sie stets durch eine enge Unterführung, die vom Marktplatz abgeht. Die kleine Tittentasterstraße war einst tatsächlich so schmal, dass zwei Menschen, falls sie sich dort in der Mitte begegneten, nur aneinander vorbeikamen, wenn sie sich berührten. Daher dieser ungewöhnliche Name.

Nachdem der Durchgang jahrzehntelang vor allem nachts verschlossen gewesen war, dient er neuerdings wieder als kurzer

Verbindungsweg zwischen dem alten Markt und der kleinen Diebstraße. Eine weise Entscheidung! Kurz vor Mitternacht ein idealer Ort für ein Rendezvous mit dem Tod.

Im Dunkel der Gasse sieht sie jemanden auf sich zukommen, sie weicht nicht zurück, denn sie will nur auf dem schnellsten Weg nach Hause.

Auf Augenhöhe zücke ich das Messer. Sie schreit schrill, ich drücke sie gegen die graue Marmorwand, mit der freien Hand steche ich zu. Immer wieder und wieder. Der Knauf liegt gut in der Hand. Ihr Ende ist für den Ripper von Wismar ein erhabener Moment. Nur durch seinen Druck hält sie sich aufrecht auf ihren schlanken Beinen.

»Das ist nur für dich, schnelle Eva!«, flüstere ich ihr ins zarte Ohr. »Das ist für dich und deinen Verrat!«

Ich lasse los, und sie rutscht zu Boden, an der Wand bleibt ein dunkelroter Wischfleck zurück. Die Klinge steckt noch. Aus ihrem schiefen Mund und aus dem Loch im Hals pumpt Blut auf die glatten Gehwegplatten und bildet dort schnell eine Lache.

Die schwarze Mieze ist zurück, streunt miauend zwischen Evas Beinen hin und her, tapst mit den Pfoten ins Blut und verteilt ihre Abdrücke in einem verwirrend schönen Muster über den glatten Boden der Tittentasterstraße – ein guter Ort zum Sterben.

Ich fühle mich wie befreit. Als würde mir eine poröse, bis zum Äußersten gespannte Haut großflächig aufplatzen. Viele kleine Hautkrater, die den Gestank aufgestauter Emotionen wie bei einem Vulkanausbruch eruptiv freisetzen.

Ist die Tat vollzogen, fühle ich mich rein und für einen kurzen Moment wie der Mittelpunkt des Universums. Bis sich wieder eine Fassade aufbaut. Die äußere Haut schließt sich. Die innere Leere wächst. Das Ich beginnt sich zu teilen, zu wandeln. Schon bald bin ich wieder ein anderer.

Mir sind Beziehungen zu Frauen auch heute noch möglich, nur eben keine festen, gleichberechtigten, befriedigenden. Allein die Vorstellung ekelt mich an.

Als Fisch würde ich mich gern paaren wollen. Die Fischweibchen legen ihre Eier am Grund ab, das Fischmännchen schwimmt darüber und befruchtet sie mit seinem Samen, es braucht den weiblichen Fisch nicht zu berühren.

Ich ziehe die Kanüle auf bis zum Anschlag. Die Essenz hat eine trübe milchige Einfärbung. Den ersten Tropfen drücke ich aus der Nadel, lege ihren Arm frei und injiziere den Stoff für die Spürhunde in ihre blaue Vene.

Faszination des Augenblicks. Der Tod lebt von der Einmaligkeit. Es gibt keinen Plural von »Sterben«.

11

Donnerstag, den 12. März

Mahlzan tobte. Gleichzeitig heulte er den Mond an. Grenzwertverhalten, würde ich sagen, aber in gewisser Weise nachvollziehbar. Schließlich hatte er seine Geliebte verloren, den Umstand gerade eben aus der eigenen Zeitung erfahren und die Story auch noch aus der Perspektive des Mörders in allen möglichen Facetten geschildert bekommen.

Pickrot und ich waren kurz nacheinander gegen zwei Uhr dreißig nachts von Tomsen benachrichtigt worden, den Kriminalassistent Kubsch informiert hatte, der von der Nachtwache in der Kommandantur geweckt worden war, die einen Notruf von einem Taxifahrer erhalten hatte, der kurz vor zwei Uhr zu Fuß auf dem Weg vom Marktplatz durch den Tittentaster-Tunnel in die Diebstraße war. Die Wege durch Wismar waren oftmals verschlungen, dafür aber immer die kürzesten.

Entsprechend nahmen wir bereits eine Viertelstunde später den Tatort in Augenschein und staunten nicht schlecht, als wir auf dem blutverschmierten Boden der engen Gasse unsere schnelle Eva völlig zerstochen liegen sahen, umschnurrt von einem schwarzen Kätzchen, das seine Pfoten in Evas Blut getränkt hatte.

Das Tier maunzte und schaute uns zärtlich an. Selbst wer nicht abergläubisch veranlagt war, der wäre es spätestens bei diesem Anblick geworden.

Mahlzan jedenfalls, der jede Abnahme akribisch vorbereitete, der jeden Text für Seite eins wie ein Lektor behandelte, ausgerechnet er hatte am heutigen Donnerstag den Startschuss der dritten Sonderausgabe des BLICK innerhalb von nur zehn Tagen verschlafen, das erste Mal seit der Jahresabschlussfeier im Brauhaus im letzten Jahr, und damit meinen in jeder Hinsicht phantastischen Tagebuchbericht über den gewaltsamen

Tod seiner Eva, ohne inhaltliche Kenntnisnahme und somit ohne Korrekturen, quasi vom Marmeladenbrötchen aus, telefonisch freigegeben. Das ging ihm natürlich jetzt an die Substanz, rein nervlich gesehen.

»Sie vergessen, dass das ein fiktives Tagebuch ist, Herr Mahlzan.«

Ich versuchte zu beschwichtigen, ein Fehler, denn jetzt rastete er komplett aus.

»Sie können mich mal, Herr Strauß! Sie können mich kreuzweise mit Ihrem Scheißtagebuch!«

Also so war das! Auch er war schon wieder beim Sie angekommen. Der »Nobbi« war zu den Akten gelegt. Ein letzter Versuch meinerseits ging ebenfalls kräftig daneben.

»Aber Sie selber fanden die Idee doch spitze.«

Er schluchzte wie ein Schlosshund. Es war erst kurz nach acht, für den Chef vielleicht einfach noch zu früh.

»Haben Sie denn gar kein Mitleid? Haben Sie denn gar keinen Anstand, Strauß? Sie können meinetwegen über Hinz und Kunz schreiben, was Sie wollen!«

Er knallte mit der Faust auf die Titelseite des aktuellen Extrablatts, das frisch aus dem Druck auf seinem Schreibtisch gelandet war.

»Aber doch nicht über unsere Eva! Meine Sekretärin! Und was sollte der Quark mit dem Porsche und den quietschenden Reifen? Und überhaupt mit dem Mann mittleren Alters? Was wollen Sie uns damit sagen, Strauß? Und was soll das in so einer Reportage?«

Ich zuckte mit den Achseln. Er zerknüllte voller Wut den BLICK.

»Mann! Strauß! Ich dachte immer, Sie sind ein Profi! Wie kann man sich in einem Menschen nur so täuschen.«

Tomsen war nervös. Er rutschte immer unruhiger auf seinem Stuhl hin und her. Die Luft in Malles Zimmer war zum Schneiden dick. Und Tomsen sah aus, als wollte er sich vor der zu erwartenden Explosion rechtzeitig in Deckung bringen.

»Es geht doch auch um Ihre Kollegin! Ihre Kollegin, die

heute Nacht eiskalt gelyncht wurde! Kennen Sie denn da gar kein Mitgefühl? Was sagte ich, Kollegin? Exkollegin! Denn Sie, Strauß, Sie sind raus! Sie sind hiermit entlassen. Fristlos! Sie sind doch pervers, Strauß! Ein krankes Hirn, das ich hier jahrelang durchgefüttert habe. Mann! Packen Sie Ihre Sachen und verschwinden Sie aus meinem Blickfeld!«

Genau in diesem Augenblick öffnete sich mit einem gewaltigen Luftzug die Bürotür, und Mahlzans Ehefrau Evi warf selbige hinter sich ins Schloss. Resolut baute sie sich vor dem Schreibtisch ihres Mannes auf. Dem Alten fiel wieder einmal der Kinnladen herunter.

»Aber Evi … Mein Evchen, was machst du denn so früh hier? Ich hab jetzt wirklich nur ganz wenig Zeit …«

Weiter kam er nicht mit seinen Ausflüchten. Evi schnappte sich die Vase, die stets auf demselben Eck des Schreibtisches steht und normalerweise von Eva mit frischen Schnittblumen dekoriert wurde, und ließ sie mit Wucht auf den Boden krachen. Die Scherben spritzten auf dem Parkett in alle Richtungen.

»Jetzt ist Schluss, mein Lieber! Du glaubst wohl, ich mache alles mit. Das war der letzte Vorhang für deine peinliche Vorstellung!«

»Aber Evchen, was meinst du nur?«

»Stell dich nicht blöder, als du bist! Deine Affäre steht in deiner Zeitung. Und Wismar lacht sich über mich kaputt! Porschefahrer mittleren Alters! Pah, dass ich nicht lache! Alter Gockel vögelt junge Hühner! Das wäre doch mal eine Schlagzeile! Die Eva ist tot! Und die Evi verlässt dich! Für immer!«

Starker Auftritt, ließe sich sicher irgendwo verwenden, dachte ich noch, als der in die Ecke getriebene Ehemann tatsächlich auf die Knie ging, die Hände vor seinem Gesicht faltete und seufzte und heulte.

»Bitte, Evi! Nicht das auch noch! Ich bitte dich, bleib!«

Sie drehte sich auf dem Absatz um und trat energischen Schrittes den Rückzug an.

Auch für mich war es der beste Augenblick, zu gehen. Obwohl ich kurz spekulierte, ob ein solch weicher Moment vielleicht zu einer Neubeurteilung der Gesamtsituation führen könnte. Er führte tatsächlich dazu.

»Raimund!«, wimmerte Mahlzan leise.

Tomsen erwachte wie aus einer Trance.

»Ja, Chef?«

»Raimund Tomsen. Wie lange bist du jetzt bei mir?«

»Na, so fast fünfundzwanzig Jahre.«

»Fünfundzwanzig Jahre!« Mahlzan schluchzte die Zahl theatralisch vor sich hin. »Die Zeit ist gekommen … zu gehen.«

Tomsen schluckte und wurde kreidebleich vor Schreck.

»Das kannst du nicht machen …«, begann er stotternd, »ich habe einen Sohn, den ich noch ernähren muss …«

Mahlzan unterbrach ihn. »Papperlapapp! Du bist ab sofort wieder Chefreporter. Und zudem ernenne ich dich hiermit mit meiner vorerst letzten Amtshandlung kommissarisch zum Redaktionsleiter des OSTSEE-BLICK.«

Und nach kurzer Pause setzte er hinzu: »Ich kann nicht mehr!«

Tomsen schaute ihn fassungslos an. Symbolträchtig überreichte ihm Mahlzan vom Schreibtisch weg seinen goldenen Füllfederhalter mit Lederetui! Der erst vor einigen Tagen in der redaktionellen Hierarchie Degradierte guckte das Schreibgerät ungläubig an. Mahlzan sank in seinem Chefsessel zusammen.

»Ich trete ab, ich will nicht mehr.«

Wieder heulte er los, dabei liefen ihm Rotz und Wasser über das Gesicht. Erbärmlicher Anblick! Der Malle vom Millionenhügel in Ahrenshoop war aus anderem Holz geschnitzt gewesen, der alternde Mahlzan wurde wehleidig und tat mir fast schon leid.

Als ich die Utensilien aus meinem Schreibtisch zusammenpackte, war mir endgültig klar, dass Wismar mir keine Zukunft mehr bot. Die Stadt und ihre Geschichten drehten sich eh immer nur um die drei großen F: Fische, Frauen und Fußball.

Und alle drei waren mausetot. Die Herausforderungen dieser Hansestadt waren auf Dauer für einen Journalisten von Format einfach nicht ausreichend.

Tomsen räusperte sich und bat mich, zumindest übergangsweise zu bleiben. Der Alte habe derzeit seine Emotionen nicht im Griff, erklärte er, das lege sich bald wieder.

»Im Übrigen mache ich mir nichts vor: Der Chef kann gar nicht ohne den BLICK. Der nimmt sich eine Auszeit, und danach versetzt er mich bei nächster Gelegenheit wieder ins Archiv.«

»Mach dir um mich keinen Kopf, Tomsen!«, versuchte ich ihm das schlechte Gewissen zu nehmen. »Meine Zeit läuft ab in Wismar. Ich werde mich neuen Aufgaben widmen. Du weißt am besten, wie das ist, wenn man an einem Ort zu lange bleibt, dann kriegt man als Reporter irgendwann nur noch sein Gnadenbrot.«

»Du hast nach wie vor eine Zukunft beim OSTSEE-BLICK.«

»Ich will sie nicht. Ich habe ein Angebot aus Rostock erhalten, Radio Meckpomm will mich an Bord lotsen, das Angebot ist nicht zu verachten. Geregelte Arbeitszeiten, gute Grundvergütung, Firmenwagen, Spesen, alles inklusive.«

»Verstehe. Aber denk darüber nach. Tu mir den Gefallen. Ich brauche jetzt gute Leute, zumindest bis der Alte sich wieder gefangen hat.«

»Vielleicht …«, überlegte ich kurz, »vielleicht schreib ich noch einen allerletzten Artikel, nur für dich. Das Schlusskapitel vom Tagebuch eines Mörders. Irgendwie muss die Story für unsere Leser ja zu einem guten Ende kommen, nicht wahr?«

Raimund Tomsen reichte mir dankend die Hand, ich schlug ein.

Es war erst kurz nach neun, als plötzlich Hansen und Kubsch mit zwei Streifenbeamten in der Redaktion standen.

»Wo ist der Chef?«, knurrte Hansen in seiner unnachahmlich trockenen Art. Tomsen zeigte auf das Büro am Ende des Ganges.

»Sie packen Ihre Sachen?«

Hansen fixierte mich, die drei anderen Polizisten trabten voraus zur Redaktionsleitung.

»Tja. Ich bin vorerst gefeuert. So nennt man das wohl.«

»Schade für Sie. Schade für den BLICK. Aber die Kündigung können Sie anfechten. Ich bin in der Gewerkschaft, wenn Sie Hilfe brauchen, ich kenne da einen guten Juristen.«

Olaf Hansen schob mir eine Visitenkarte zu, drückte mir zum Abschied die Hand und schaute mir fest in die Augen.

»Danke, Herr Oberkommissar. Ich glaube, ich werde Sie sehr vermissen.«

Die Polizisten eskortierten einen lethargischen Gregor Mahlzan mitten durch seine Redaktionsräume. Mann, war das peinlich! Hansen stellte sich ihm in den Weg und meinte forsch:

»Herr Mahlzan. Sie sind vorläufig festgenommen. Sie stehen im Verdacht, heute Nacht Ihre Sekretärin und Geliebte, Fräulein Eva Pretorius, getötet zu haben. Es gibt Zeugen, die übereinstimmend aussagen, dass Sie gestern am späten Abend kurz vor dem Tod von Fräulein Pretorius mit ihr zusammen waren. Ich weise Sie hiermit darauf hin, dass alles, was Sie ab jetzt sagen, vor Gericht gegebenenfalls gegen Sie verwendet werden kann.«

Malle schien komplett willenlos, wie paralysiert. Er sagte kein Wort, auch sonst kam keine Reaktion. Den roten Kopf hatte er vom vielen Schreien und Weinen zuvor. Des Lebens müde ließ er sich abführen.

***

Die Initialzündung eines jedes Serienmörders sei die Auswirkung seines ersten Mordes. Erhalte er dort seinen Kick und komme mit der Tat davon, beginne mit dem ersten Opfer seine verhängnisvolle Talfahrt, die nicht mehr aufzuhalten sei. Denn die Tat hinke stets hinter den vorauseilenden Phantasien her, die den Täter in einem fort oder etappenweise antreiben. Aber so viel der Serienmörder auch quäle und morde, er komme nie zu dem erhofften Genuss, und genau darum töte er immer weiter.

Das Internet war pickepackevoll mit solch grässlichem Zeugs. Meine Recherche für meinen definitiv letzten Artikel für den BLICK gestaltete sich im Laufe des Vormittags sehr effektiv. Das Tagebuch vom verrückten Serienkiller, eine nimmermüde Erfolgsstory. In aller Regel war ein Serienkiller hochintelligent, jedoch traumatisiert durch die Kindheit. Mit schneller Feder kritzelte ich ein paar Stichworte auf ein weißes Blatt Papier. Das waren die Grundlagen für meine geplante Abschlussreportage.

Tatsache war, dass natürlich nicht aus jeder mehr oder weniger traumatisierten Kindheit in der Folge ein Serienmörder entstand. Im Gegenteil, die meisten führten ein völlig unauffälliges Leben, ohne jemals straffällig zu werden. Nur wen, bitte schön, interessierte das? Genau. Niemanden! Und deshalb lebten wir Journalisten zu allen Zeiten von der Angst vor dem gemeingefährlichen Geisteskranken, der buchstäblich wie ein Irrer durch unsere kleine Welt lief und wehrlose Frauen reihenweise für seine schrecklich Kindheit bestrafte. Die Wahrheit war, dass der psychisch Kranke als Täter gleichzeitig auch Opfer war, stigmatisiert durch unsere publizierten und in den meisten Fällen klischeehaften oder manchmal sogar unhaltbaren Darstellungen.

Wenn ich richtig informiert war, hatte Messer-Manni gestern keinen Freigang gehabt. Und der Küstencasanova Gunnar Hecht saß meines Wissens immer noch in U-Haft. Also hatte ich mir dieses letzte Mal fest vorgenommen, Carsten Kracht in die Pfanne zu hauen.

Seine Herkunft, seine Jugendsünden, seine Knastkarriere, das alles passte ins Schema. Der Loser aus dem wilden Osten, der in der neuen Republik – immerhin unweit der früheren Grenze zum degenerierten Westen – seine verkorkste Kindheit und seine sozialistischen Traumata durch diverse Frauenmorde kompensieren musste. Was lag da näher für ihn, als den wimmelnden Bienenstock in der eigenen Pension rigoros zu nutzen.

Zugegeben, das war meine kleinkarierte Rache für das Scharmützel an der Nikolaikirche.

Aber es sollte eh alles ganz anders kommen als gedacht. Schon am späten Nachmittag wurde Gregor Mahlzan aus dem Fürstenhof wieder entlassen. Der Verdacht konnte nicht aufrechterhalten werden. Wohl ein letztes Mal hatte ihm sein Evchen aus der Schlinge geholfen. Hansen hatte sich, wie mir später zugetragen wurde, über Funk mit ihr in Verbindung gesetzt. Sie war schon samt Brutus und Cäsar auf dem Beifahrersitz des Mercedes über alle Hüttener Berge, auf der Rückbank Taschen und Kartons fein säuberlich gestapelt und den Kofferraum mit dem Nötigsten randvoll gestopft. Ihr Anwalt hatte den Antrag auf Scheidung bereits gestellt und bei Gericht eingereicht. In einem feinen Hotelzimmer auf Sylt erwischte Hansen die Evi gerade bei Kaffee und einem Stück Sanddorntorte mit extra Sahne.

Ihr Exmann, wie sie ganz und gar lustvoll betonte, habe am Abend schon vor Mitternacht leider im heimischen Ehebett gelegen. Seine Kleidung, die er getragen habe, sei weder verschmutzt noch blutgetränkt noch sonst wie besudelt gewesen. Nein, er habe einen ganz normalen Eindruck hinterlassen.

Damit bestätigte sie die Angaben ihres Noch-Gatten. Da seine Alibis für die vorhergehenden Mordzeiten auch wasserdicht waren, konnte Hansen nichts anderes tun, als Kubsch den Auftrag zu geben, Herrn Gregor Mahlzan mit einer behördlichen Entschuldigung und der Bitte, sich dennoch in den nächsten Tagen für weitere Fragen zur Verfügung zu halten, aus seiner Zelle zu entlassen.

Malle hielt sich nicht an die Abmachung. Er hatte anderes vor, er gab ein letztes Mal so richtig Vollgas. Den Porsche musste man von seiner Garagenwand kratzen, Totalschaden. Schade um den feinen Schlitten. Mahlzan überlebte fast unverletzt. Mit einer gebrochenen Nase – durch den ausgelösten Airbag – und einer verknacksten Rippe, da er sich dummerweise vor seinem Selbstmordversuch ordnungsgemäß angeschnallt hatte, lag er noch am selben Abend auf der Unfallstation des Städtischen Hanse-Klinikums Friedenshof. Dass die nähere Bezeichnung des Krankenhauses wie die eines Friedhofs klang, war für ihn vermutlich nur ein schwacher Trost.

Raimund Tomsen hatte an diesem Tag bis spät in die Nacht alle Hände voll zu tun. Seine Beförderung zur Nummer eins beim BLICK war keine schlechte Wiederauferstehung aus dem Archivgrab.

Fünfzig hatte er werden müssen, um das noch erleben zu dürfen. Normalerweise war ein Aufstieg in der Medienbranche nach Vollendung des vierzigsten Lebensjahres nahezu ausgeschlossen. Mit ein wenig Geschick und um so mehr Skrupellosigkeit konnte man vielleicht noch zehn Jahre den Rücksturz hinauszögern.

Mit fünfzig gehörte Raimund also schon zum alten Eisen. Er machte seine Sache unter den gegebenen diffusen Umständen nicht schlecht und wurde seinem Ruf als zäher Hund, den nichts umzuwerfen vermochte, mehr als gerecht.

Die nächste Ausgabe musste realisiert werden, die Reporter schwärmten den ganzen Tag aus und wurden überall in penetrant anklagender Weise mit dem Tod in den eigenen Reihen konfrontiert.

Dass der große Mahlzan als möglicher Mörder an seiner Geliebten einige Stunden im Fürstenhof residiert hatte, verbreitete sich in der Altstadt wie ein Lauffeuer. Jeder wollte es schon immer gewusst haben, vor allem die Stammkunden vor dem Eis-Moor waren sich so etwas von sicher, dass das mit Mahlzan und der Eva auf Dauer niemals hätte gut gehen können. Und dass man als unbescholtener Bürger so lange einem solchen Menschen in profilierter Position aufgesessen und ausgeliefert gewesen sei, das sei eine Schande, hatte Wurst-Willi in seiner unnachahmlichen Art Stimmung gemacht.

Dass der Chef wenige Stunden später wieder entlassen worden war und offensichtlich mit den Morden nichts zu tun hatte, war gar nicht wichtig. Das Fatale war, dass irgendetwas an ihm kleben bleiben und dass damit vor allem auch der OSTSEE-BLICK Schaden nehmen würde.

Dabei hätte objektiv gesehen eigentlich Tomsen als Täter das beste Motiv. Keiner profitierte bis dato so stark von Evas gewaltsamem Ableben wie der Mann, dessen Zeit eigentlich schon abgelaufen schien.

Gleichzeitig stand er gesellschaftlich durch die Umtriebe seines Sohnes unter Druck. Die Gerüchte mehrten sich, dass sein achtzehnjähriger Sohn Ture sich öfter am Ziegenmarkt herumdrückte, vis-à-vis von der Heavy-Metal-Kneipe »Zur Pelzplauze«. Der kleine Ziegenmarkt war als Umschlagplatz für Haschisch und Koffeintabletten für die überschaubare jugendliche Wismarer Szene berüchtigt.

Gegenüber einem neuen Redaktionsleiter des nach wie vor mächtigsten Presseorgans der Stadt würden die Leute schon vorsichtiger mit ihren Vorverurteilungen umgehen. Denn niemand wollte ohne Not ins Visier des BLICK geraten. Keine Frage, Tomsen hatte ein Motiv, und er hatte einen Gewinn aus der Entwicklung gezogen. Ich konnte mir seine Reaktion schon vorstellen: »Zufall«, hätte er gesagt. Mehr nicht.

Just in diesem Moment sollte es Kriminalassistent Kubsch sein, der als Erster in der Kommandantur ebenfalls nicht an Zufall glauben wollte.

***

Bevor sich jedoch das Karussell um den BLICK rasant beschleunigen sollte und ich mich in meinen letzten richtigen Feierabend verabschiedete, kam es noch zu einer Begegnung der dritten Art.

Zuerst vermutete ich etwas wie eine Fata Morgana, so wie Möller sie im Zusammenhang mit der Schizophrenie oder dieser neumodischen Dissoziation beschrieben hätte. Dann dachte ich: Nobbi, geh bloß auf dem schnellsten Weg zum Optiker, in deinem Alter und bei der vielen Bildschirmarbeit kann es durchaus so weit sein, dass du deine erste Brille brauchst.

Am Alten Hafen hatte ich aufgrund der Turbulenzen des Tages bei untergehender Sonne über der Wismarer Bucht einen meditativen Spaziergang an der langen Kaimauer genossen. Ich bestaunte gerade die imposante Hanseatische Handelskogge, die hier nach langjähriger Bauphase endlich zu Wasser gelassen war und jetzt fest vertäut mit Trossen und Leinen am Pier unweit des Fischkutters von Lotte Nannsen auf touristische Kundschaft wartete.

Die Kogge war der originalgetreue Nachbau eines traditionellen Holzseglers aus dem späten Mittelalter, dessen Wrack kurz nach Millenniumswechsel vor der Nordwestküste der Insel Poel geborgen worden war.

Ein schönes neues Schiff aus Kiefernholz entstand, die äußere Schicht mit Holzteer pechschwarz gestrichen und so geschützt und gleichzeitig auf alt getrimmt. Über dreißig Meter lang, zehn Meter breit und mit einem Ladevolumen von über zweihundert Tonnen. Es war der Nachbau des größten Frachtschiffes der Hansezeit, dessen Reste bislang im Ostseeschlick gefunden wurden.

Was mich zum Optiker schickte, war nicht die Kogge an sich, sondern mein Blick aufs Deck. Dort stand kein furchteinflößender Störtebeker, wie ihn sich nicht nur die Mecklenburger manchmal zurücksehnten, dafür aber ein halbes Dutzend Särge und mittendrin, obendrüber oder beizeiten auch drunter durch flatterte der aerodynamische Möwenkopf-Mann.

Ich dachte das Gleiche wie Sie: Jetzt war Nobbi total übergeschnappt. Weit gefehlt! Der Vogel hatte in der Stadt eine Vorauswahl getroffen, seine Wismarer Kundschaft eingesammelt, um jetzt eben die Ladung zu sichern.

Warum auch nicht? Der Weg zum Friedhof nach Kirchdorf auf Poel war über den Landweg ziemlich weit und mit dieser Fracht beschwerlich. Die Hanse-Kogge bot sich geradezu an. Noch war keine Saison, und die eigentlichen Touristenfahrten durch den Hafen oder die Mecklenburger Bucht beschränkten sich auf den Sonntag.

Die schwarze Kogge hatte höchste Ladekapazität. Ihr direkter Weg führte zum kleinen Fischerhafen von Kirchdorf und dort, gleich um die Ecke, zur letzten Ruhestätte auf den Poeler Friedhof. Das Segelschiff zeichnete sich durch eine gemächliche Reisegeschwindigkeit aus, ein adäquaterer Transport für das halbe Dutzend in Frieden ruhender Seelen war kaum denkbar.

Unheimlich war nur der Anblick des ominösen Totengräbers. Das war auch für einen ausgefuchsten Reporter nicht sofort in Worte zu fassen. Er war da und doch nicht da. Die Fotos hatten nicht gelogen: ein lichter silbergrauer Haarschopf über einem dünnen schemenhaften Gesicht, eine leicht nach unten gekrümmte Schnabelnase und ein äußerst schmaler Körper, Haut und Kleidung alles grau in grau oder vielmehr wie Pergament, fast durchsichtig.

Und doch konnte ich ihn beobachteten, wie er die Särge festzog, sie liebevoll mit schwarzem Tuch bedeckte und dabei – eine ganz menschliche Regung – öfter nervös über die Reling in den Hafen äugte, als wenn er eine Gefahr witterte. Doch blieb seine Arbeit von den Blicken anderer unbehelligt, niemand sah ihn. Vermutlich konnte man ihn nur ausmachen, wenn man ihn schon einmal bewusst zu Gesicht bekommen hatte, so wie ich auf den Bildern von Pike.

Ein geächtetes Gespenst und ein verfolgter Idealist, das war er für mich und deshalb durchaus sympathisch.

Später sollte mir durch einen der wenigen seriösen Stammkunden vom Eis-Moor zu Ohren kommen, dass er den Friedhof in Kirchdorf seit weit mehr als zehn Jahren ohne Anstellung und ohne Bezahlung als Totengräber versorgte. Er übernahm diese Tätigkeit auch ohne offiziellen Auftrag, einfach so, nachdem damals der letzte Poeler Pastor das Zeitliche gesegnet hatte. Kein Amt und keine Behörde kümmerte sich darum oder tat etwas dafür oder dagegen. Und das im 21. Jahrhundert!

Nie hatte jemand sich erinnern können, ihn sprechen gehört zu haben, außer einem unsicheren Kubsch, aber dem glaubte ich so etwas sowieso nicht. Keiner kannte seinen Namen, niemand vermochte ihn aufzusuchen. Und doch sollte er später auch weiterhin in seiner dürftigen provisorischen Unterkunft hausen, in der dubiosen Gruft unter der Gedenkplatte zu Ehren der ertrunkenen Fischer vor Poel.

Die Fracht war vertäut, der Möwenkopf-Mann gab ein Zeichen zur Brücke, und der Kapitän ließ sein Schiffshorn heulen. Seine treuen Begleiter, die Seemöwen, stimmten mit tiefen kehligen Lauten wie im Chor ein und veranstalteten ein Hafenkonzert vom Feinsten. Die Achterleinen wurden gelöst, das große Rahsegel entrollt, die Trossen eingeholt, und der Törn mit sechs Leichen und einem Geist an Bord konnte beginnen.

Ich rieb mir noch einmal die Augen, suchte mein Fahrrad und freute mich schon im Voraus auf zwei oder drei frisch gezapfte Wismarer Pils direkt aus dem Braukessel.

***

»Na. Wat willste?«

Gewohnt entspannt begann der späte Abend im Brauhaus am Lohberg zu Wismar.

»Tee mit Honig. Bitte!«, antwortete der Möchtegernmusiker.

»Du und dein Honig!«, flachste die korpulente Kellnerin.

»Tja, wie die Engländer.«

»Da bist du dir sicher, ja?«

»Tee mit Honig, wie immer.«

»Grün?«

»Schwarz! … Wie die Nacht.«

»Einen Schuss Milch dazu?«

»Keine Milch. Danke.«

»Ich dachte, du trinkst ihn englisch!«

»Wie?«

»Engländer trinken ihren Tee«, wusste die ganz in Schwarz gekleidete Bedienung überzeugend zu berichten, »stets mit einem Tropfen Milch.«

»Was du nicht sagst, Schätzchen.«

»Honig ist gut für den Hals.«

»Und vor allem für die Stimme«, ergänzte der Bariton knarrend.

»Na, dann kann's ja losgehen …«

»Gib mir einfach Tee mit Honig – und gut.«

»Beutel?«

»Nee, Kännchen.«

»Zucker?«

»Zucker?«, wiederholte er konsterniert.

»War nur Spaß!«, lachte sie. »Löffel?«

»Gern.«

»Noch was?«

»Danke!« Der Musiker mit Föhnfrisur machte eine abwehrende Handbewegung. »Umrühren kann ich alleine.«

Die Kellnerin kicherte, der Teetrinker versuchte charmant zu lächeln. Der Abend hatte einen Auftakt nach Maß. Solche Dialoge fanden in Wismar kein Ende. Ob gewollt oder nicht, das war die übliche Kommunikation auf Brauereiniveau.

Der solargebräunte Teetrinker gehörte zu der Band namens »Memory«, die einmal Oldies und Hits und dann am nächsten Abend zur Abwechslung Hits und Oldies im Halbplayback zum Besten gab. Manchmal eine Zweimann-, heute nur eine Einmannkapelle, die aber stets für die typischen Brauhausgäste oder die älteren Touristen zu laut und zu aufdringlich war.

Dennoch gehörte sie zum Inventar wie die immer gleichen Kellnerinnen, die jahraus, jahrein die hier selbst gebraute Wismarer Mumme oder ihren Wismarer Erik ausschenkten. Kein schlechtes Bier, seit mittlerweile fünfhundertfünfundfünfzig Jahren – im Gegenteil.

Auch der getrocknete Hopfen war wie immer hübsch an den dunklen Deckenbalken drapiert und sorgte mit den kupfern glänzenden Braukesseln hinter dem langen Tresen für ein stimmungsvolles Ambiente.

Dennoch war die Atmosphäre in meiner Lieblingswirtschaft heute Abend eine ganz andere. Schräg vor mir saß an einem kleinen Tisch in der Ecke gleich neben einem solchen Kupferkessel eine junge zierliche Blondine, die weit über die engen Grenzen Wismars hinaus ihresgleichen suchte. Hopsasa und hollalala! – Genau meine Kragenweite. Eine Christine allein macht noch keinen Frühling, dachte ich noch. Da vibrierte es kurz vor Mitternacht in meiner Hosentasche.

Es war Pike, der mich auf meinem Handy anrief. Sein Spezi bei der Polizei habe ein Gespräch belauscht: Hansen sei unpässlich, vermutlich eine leichte Fischvergiftung. Kubsch reiße gerade die Machtbefugnis an sich und wolle noch in der Nacht die Festnahme von Tomsen veranlassen.

»Warum so schnell?«, fragte ich gähnend.

Ich hatte schon ein paar Pils intus und keine Lust mehr auf immer neue Varianten von Geschichten rund um den BLICK oder die Kommandantur.

»Der Kubsch will auch mal ein Erfolgserlebnis. Und der hatte schon oft den richtigen Riecher. Nur steht er halt immer in der zweiten Reihe. Und jetzt, wo der Hansen nicht da ist, wittert er seine Chance.«

Nur gut, dass die Kapazität im Fürstenhof begrenzt war. Die Stadt Wismar hatte sich zu einem Moloch fürchterlichster Verdächtigungen und Verleumdungen entwickelt. Wirklich alle schienen außer Rand und Band. Klar, dass das auch vor manchem Vertreter der Polizei nicht haltmachte.

»Und nun?«

Ich wusste immer noch nicht, was Pike Pickrot eigentlich von mir wollte. Drüben am Ecktisch saß der flotte Käfer und klimperte mit den langen Wimpern. Das war viel interessanter als alle Tomsens und Hansens und Möllers zusammen.

»Raimund Tomsen hat Lunte gerochen. Zumindest ist er seit ein paar Stunden verschwunden. Die Produktion läuft auf Hochtouren, und der neue Lotse ist schon von Bord.«

»Pike! Eigentlich bin ich heute entlassen worden. Und ich habe ein neues Angebot von einem Radiosender. Was soll ich deiner Meinung nach tun?«

»Dich an die eigene Journalistennase packen!«

Tolle Idee! Und welch griffige Formulierung.

»Nobbi! Heute Nacht ist die Nacht der Nächte! Es ist Showdown! Die Nacht der Entscheidung. Glaube mir! Das große Finale! Ich spüre das.«

Die süße Kleine am Ecktisch wollte jetzt leider zahlen und gehen.

»Wo und wann?«, gähnte ich ins Telefon.

»In einer Stunde im alten Teerhof.«

Im Teerhof? Warum gerade im Teerhof? Teer-Eggert hatte dort seit Menschengedenken mit Teer seine Kohle verdient. Irgendwann soll es dann Auflagen und Verbote gehagelt haben. Gab es denn den überhaupt noch? Ich dachte, der hätte schon vor Jahren dichtmachen müssen.

Es hieß auch, der Teer-Eggert habe verzweifelt die Segel gestrichen, weil sich die Wismarer Bürger schon weit vor irgendwelchen umweltpolitischen Verordnungen hartnäckig verweigert hätten, das geliebte Kopfsteinpflaster der Altstadt großflächig gegen Asphaltdecken einzutauschen …

Außerdem war die dunkelste Ecke Wismars nicht gerade als ein gastfreundlicher Ort zu bezeichnen. Einer der chronischen Schlaumeier vor dem Eis-Moor-Imbiss behauptete gar, es sei historisch belegbar, dass der Ursprung des Teerhofs bis in frühe Störtebeker-Zeiten zurückreichte, als die auf der Ostsee aufgebrachten Piraten und betrunkenen Halunken, die auf dem Gemüse- und Viehmarkt ihr Unwesen trieben, hier zur Strafe geteert und gefedert worden waren. Daher – angeblich – der Name.

»Warum ausgerechnet im Teerhof?«

»Mein Spezi meint, der Kubsch sei auf dem Weg dorthin. Mehr weiß ich nicht.«

Das ist nicht viel, dachte ich gelangweilt. Aber vielleicht steckte ja doch mehr dahinter, als Pike mir zum gegenwärtigen Zeitpunkt verraten konnte.

»Okay«, log ich kurz und bündig, »mal sehen, vielleicht komm ich.«

12

Freitag, den 13. März – kurz nach Mitternacht

Sie sitzt ganz allein an einem Tisch im Brauhaus am Lohberg zu Wismar und ist von den Blicken der männlichen Gäste wie in einem Kokon gefangen. Am gestrigen Abend ist die Vierundzwanzigjährige eingetroffen, hat ein Einzelzimmer im »Pour La Mère« bezogen und will voraussichtlich drei Nächte bleiben.

Jetzt nippt sie ein letztes Mal an ihrem Getränk und verlangt die Rechnung. Claudia ist klein, fast zierlich und eine außergewöhnliche Schönheit. Und ihr Auftreten verrät, dass sie sich dessen sehr bewusst ist. Sie würdigt mich nicht eines Blickes. Bevor sie sich auf ihren Weg in die Bademutterstraße begibt, schleiche ich mich aus der Brauerei davon.

Ohne Angst schlendert sie mitten in der Nacht scheinbar ziellos durch die Wismarer Altstadt – erst über die Schweinsbrücke, dann durch die Mühlengrube, dann im großen Bogen über den Marktplatz, um später offensichtlich ohne jeden Plan durch das Wassertor am Hafenbecken an dem verrammelten Kahn von Lotte Nannsen vorbeizuflanieren. Über die Ulmenstraße, an der Fischhalle vorbei, verlässt sie nach einer guten halben Stunde den Altstadtring. Der Weg zum »Pour La Mère« ist das schon lange nicht mehr und wird es auch nie werden.

Was will sie? Was sucht sie? Was hat sie mit mir vor? Ich werde ihr die Antworten geben müssen.

Im Teerhof sieht man die Hand vor Augen nicht, die einzige Lichtquelle ist der Mond, dessen Strahlen schwach durch die schmale Einfahrt fallen. Hinten im Hof brennt nicht einmal ein Notlicht. Es riecht nach altem Pech und Teeröl und erkaltetem Asphalt. Eine Sackgasse, aus der es kein Entrinnen gibt. Die junge Frau stöckelt in ihr Verderben. Ich denke, sie hat mich bemerkt und sucht Zuflucht in der Finsternis des Teerhofs.

Der größte Irrtum in meinem Leben ist die Hoffnung auf Erlösung durch eine Begegnung mit der perfekten Frau. Deshalb habe ich meine Strategie modifiziert. Keine tagelangen Recherchen, kein minutiöser Schlachtplan, mich trägt der Glaube an die heilende Kraft des Zufalls. Ich kenne dieses eine Mal Todesort und Zeitpunkt nicht im Voraus. Dennoch bin ich vorbereitet: das Messer, die Spritze, der tödliche Stoff und meine Ungeduld im Herzen.

Das blonde Haar, die schmale Taille, ihr ganz außergewöhnlicher Teint. Sie läuft mir nicht weg, ich spüre das. Sie will die Begegnung, sie sucht die Entscheidung auf Leben und Tod. Der Moment rückt näher. Es ist kurz vor ein Uhr nachts.

Meine Faust umschließt das kühle Metall des Messerknaufs. Das Klick-Klack-Klick ihrer Pumps ist nur noch wenige Meter von meinem Zugriff entfernt. Über mir spüre ich die weichen Schwingen eines Raben, vor mir höre ich Claudias flatterhaften Atem. Ihre Wärme zieht mich an wie ein Magnet. Ich will zurück in ihren Schoß. Ich greife blind in die Dunkelheit und reiße sie brutal an mich …

»Mama!«, entfährt es mir spontan.

»Ich bin nicht deine Mami!«, zischelt es wutschnaubend zurück.

Und schon kracht mir mit voller Wucht eine Holzkeule auf den Schädel. Ich taumele zurück, gehe abrupt in die Knie. In solch einem Moment, das habe ich mal in einer Fachzeitschrift gelesen, gehen um einen herum die Lichter aus. Bei mir ist es wieder einmal genau anders, es wird gleißend hell.

Für den Bruchteil einer Sekunde denke ich, ich wäre im Himmel. Es sind die gleichen riesigen Zehntausend-Watt-Scheinwerfer des Norddeutschen Rundfunks, die sonntags die Berichterstattung aus der Sankt Nikolaikirche technisch möglich machen. Drei dieser Megalights tauchen die Szenerie in künstliches Ta-

geslicht. Der Teerhof ist urplötzlich bis in die hinterste Ecke ausgeleuchtet. Die Kameras laufen auf Hochtouren, Live-Übertragung auf N3!

Als ich rückwärts im Kegel der Spots auf den Asphalt knalle, schaue ich über mir in die grell geschminkte Visage der alten Hanna Hansen. Ihre blonde Perücke ist beim Angriff verrutscht. Sie hält einen blauweißen Baseballschläger der New York Yankees entschlossen in ihren runzligen Händen. Sieh da! Die Mama von Oberkommissar Ole!

Der Kreis schließt sich. Ich lächle ihr zu und fühle mich plötzlich wie zu Hause in meiner Kinderwiege. Selten ist so viel Sanftmut durch meine Adern geflossen. Selten spürte ich so viel Milde im Blut wie in diesem Augenblick im Teerhof, am Boden hockend. Neben mir kniet ein kleiner Japaner, er hält mir ein Mikrofon unter die Nase. Ich kichere wie irre. Der Schädel brummt, das war ein kräftiger Schlag, aber ansonsten geht es mir prächtig.

Hansen und Kubsch helfen mir auf die Beine, ich hab das Messer noch in der Hand, der Kommissar nimmt es mir ab, als wäre es ein hässliches Spielzeug. Pickrot springt mit seiner Kameraausrüstung vor mir herum und macht die Fotos seines Lebens. Chefreporter Tomsen steht im Hintergrund und zuckt verdächtig mit den Achseln. Sogar Uns Uwe ist noch wach, steht neben einem zufriedenen Polizeipsychologen Möller und hat sich das Spektakel nicht entgehen lassen. Ich spüre, wie sich in meinem Rücken ein paar kalte Handschellen um die Gelenke klicken.

»Das war's dann wohl.«

Hansen schaut mir scharf in die Augen, ein harter Hund, aber das sagte ich ja schon.

»Sie sind festgenommen. Alles, was Sie jetzt sagen, kann später vor Gericht gegen Sie verwendet werden. Norbert Strauß! Ich verhafte Sie hiermit wegen sechsfachen Mordes.«

Er greift in die Innentasche meiner Wildlederjacke und angelt vorsichtig die Todesspritze heraus.

»Wissen Sie was, Herr Oberkommissar?«

Und meine Betonung liegt natürlich auf dem »Ober«.

»Wissen Sie, was mir am meisten fehlen wird? Die Fischbrötchen von unserer Lotte am Alten Hafen.«

»Abführen!«

Aus dem Augenwinkel sehe ich noch, wie Ole seine Hanna in die Arme schließt.

»Danke, Mama.«

»Gerne geschehen, meine Junge.«

Das scheint mir wahre Liebe.

Das japanische Kamerateam hängen wir schneller ab als erwartet. Kubsch sitzt auf der Fahrt zum Fürstenhof stur neben mir. Ein Streifenbeamter fährt den VW-Bus. Ich drücke mir eine Kompresse auf meine pochende Platzwunde.

»Wo habt ihr Claudia gegen Hanna ausgetauscht?«, möchte ich wissen. Die fesche Klump ist mir von Beginn an irgendwie bekannt vorgekommen, aber wie die Natur das schon immer so raffiniert eingerichtet hat: Ihre sagenhaften Reize überstrahlten jeden Zweifel und jede Logik und ließen letzten Endes jede Vorsicht über Bord gehen.

Kubsch antwortet kurz und knapp und sieht mich dabei nicht einmal an.

»Schon in der Brauerei. Der Lockvogel schlummert längst sicher im ›Pour La Mère‹.«

Ich bin Kubsch nicht böse, dass er so auf Distanz geht. Das Schweigen tut jetzt gut. Die kleine Claudia aus dem mondänen Heringsdorf ist erwachsen geworden und zur Schönheit gereift, aber Hanna Hansen ist das eigentliche Pfundsweib! Wie die mich ausgetrickst hat! Frau Hansen ist sich für nichts zu schade, sie erinnert mich in ihrer resoluten Art an meine Mutter. Gott hab sie selig. Vielleicht bin ich ja schon bald wieder mit ihr vereint. Falls nicht, nehme ich mir vor, der Hansen regelmäßig zu schreiben. Schließlich verdanke ich ihr sehr viel.

Unter meiner Plastiknasenschale juckt es – ausgerechnet jetzt, mit den Handschellen im Rücken. Ich starre aus dem Seitenfenster. Draußen beginnt es zu nieseln, typisches Ostseeküsten-

Schietwedder. Bald kommt der Frühling, und dann wird es hoffentlich auch mal wieder Sommer.

Im Fürstenhof führt mich Kubsch durch den Gerichtstrakt bis zu einem fensterlosen Verhörraum. Die Staatsanwältin hat man aus dem Bett geklingelt. Ohne zu grüßen, blättert sie in einer Akte, liest mir meine Rechte vor und dann die Anklagepunkte. Endlich nimmt mir Kubsch die Handschellen ab.

Bis zur Hauptverhandlung würde ich natürlich in Untersuchungshaft bleiben, ein Pflichtverteidiger würde gestellt, ansonsten könnte ich sofort einen Anwalt meines Vertrauens anrufen. Ich kenne keinen, ehrlich. Ich bin noch nicht mal rechtsschutzversichert. Warum auch, ich habe ja nichts getan. Das ist alles, was ich im Brustton der Überzeugung der Dame zu Protokoll gebe.

Dann erscheint Hansen. Es ist mittlerweile drei Uhr nachts, aber der Kommissar will keine Zeit verlieren. Ich auch nicht. Bei ihm bin ich bereit, ein umfassendes Geständnis abzulegen, möchte aber doch gern wissen, warum er es unterlassen hat, während seiner Untersuchungen die meiner Meinung nach Hauptverdächtigen vorzeitig aus dem Verkehr zu ziehen – einen Pickrot oder einen Kemmann oder einen Tomsen.

»Tomsen hat die ganze Zeit mit uns kooperiert. Er hatte Sie von Beginn an im Verdacht. Er schlug eine Falle vor mit einem Köder, den Sie nicht links liegen lassen konnten. Die Wahl fiel auf Claudia Klump, Ihr Initialerlebnis als junger Reporter bei der Modenschau auf Usedom. Hanna und ich haben den Plan ausgefeilt, den Lockvogel auszutauschen und an dessen Stelle meine Mutter durch die Nacht zu schicken.«

»Eine bemerkenswerte Frau, Ihre Mutter!«

»Das aus Ihrem Mund? Ich weiß nicht, ob sie das als Kompliment verstehen darf.«

»Warum nicht. Ich habe Intelligenz und Mut immer respektiert.«

Hansen schaut mich an, als ob er irgendwie schlau aus meinem Verhalten werden wollte. Er gibt vorerst auf und beantwortet lieber meine Frage.

»Franz Pickrot hat stets seinen Zweitschlüssel für den Mitsubishi in der Redaktion hinterlegt. Es war für Sie ein Leichtes, den Autoschlüssel während seines Puffbesuches am Wassertor an sich zu nehmen, den Pick-up quasi auszuleihen und damit zum Tatort zu fahren. Später brachten Sie Wagen und Schlüssel zurück, und so musste der Verdacht zuallererst auf Ihren Kollegen Pickrot fallen. Genauso, wie Sie es beabsichtigt hatten.«

»Der Pike ist ein feiner Kerl.«

»Erschwerend kam für Sie aber hinzu, dass Dr. Möller einen Pick-up am Dienstagabend in der Nähe seines Hauses auf Poel gesehen haben will. Er forschte auf eigene Faust nach und konnte eine spezielle Kieselsteinsorte in den Rillen der Reifen von Pickrots Mitsubishi nachweisen, die vor dem Grundstück seines Nachbarn ausgestreut sind. Der potente Fahrzeughalter machte aber zur fraglichen Zeit wieder einmal dem Maxim seine Aufwartung und hätte, im Gegensatz zu Ihnen, auch gar keinen Grund gehabt, vor der Villa der Familie Möller zu parken.« Noch einmal beginnt er in meinem Beisein seine Pfeife zu stopfen. »Der entscheidende Hinweis kam jedoch anonym. Von einer Frau!«

Ich schlucke. Hansen stopft und entzündet sich die Pfeife.

»Sie rief mich gestern morgen privat, also bei mir zu Hause, an und erzählte von ihrer Begegnung mit einem attraktiven Mann an jenem Dienstagabend, nachdem Sie und ich gemeinsam bei einer schmackhaften Fischplatte meiner Mutter am Küchentisch in der Böttcherstraße gesessen hatten. Dieser Mann würde jedoch, wie sie es sinngemäß formulierte, unter einem neurotischen Zwang leiden.«

Will der Kommissar etwa behaupten, ich wäre impotent? Mich macht das etwas fuchsig. Im Trüben fischen und gleichzeitig schmutzige Wäsche waschen, das passt nicht zusammen. Da kann der Kommissar noch so viele Pfeifen paffen, der Watson wird nie zum Sherlock. Da fehlt ihm die Klasse seiner Mutter.

»Ich habe nichts getan, Herr Kommissar, ich möchte, dass Sie das zu Protokoll nehmen. Weshalb bin ich eigentlich hier?«

Ich weiß nicht, was mit mir geschieht. Mir ist mal so und mal so. Mir ist komisch zumute.

»Sie nannte Ihren Namen! Norbert Strauß! Und sie meinte, dass Sie in einer Traumwelt leben, und das, um es vorsichtig auszudrücken, ohne die Gabe, die eigenen Ansprüche auch nur im Mindesten zu erfüllen.«

Er lächelt, als der süßliche Rauch seines Pfeifentabaks die eh dünne Luft des kleinen Verhörraumes schwängert.

»Dr. Möller ist sich sicher, dass es sich bei Ihrem Zustand um eine Art Abspaltung innerhalb Ihrer Persönlichkeit handelt, die dann von Ihnen nur begrenzt oder gar nicht mehr wahrgenommen wird. Das geht auch einher mit Störungen der Körperfunktionen. Das heißt, einzelne Körperteile werden nicht mehr gespürt oder nicht als zum eigenen Körper dazugehörig empfunden.«

Er macht eine Pause. Ich schaue ihn schweigend an.

»Der Kranke und Impotente und Perverse, das sind Sie, Herr Strauß, Sie sind der Mörder der sechs Frauen! Die siebte wäre dazugekommen, wenn uns die anonyme Anruferin nicht gewarnt und Ihren Namen verraten hätte.«

»Ich weiß nicht, wovon Sie reden, Herr Kommissar.«

Mir ist ganz wirr im Kopf. Plötzlich fällt mir ein: »Aber Manni Kemmann! Sein Messer steckte doch in der Leiche von Eva. Und der ist wirklich prädestiniert für Schlitzereien!«

Hansen guckt mich merkwürdig an. S. K. Möller betritt schweigend zu dieser vorgerückten Stunde den Verhörraum und schaut voller Genugtuung auf mich herab. Nicht der auch noch, denke ich nur und tue so, als würde ich ihn nicht bemerken.

»Wir haben seit Mittwoch einen Kollegen vor dem Haus von Frau Schiffer stehen. Herr Kemmann hat die Wohnung die ganze Nacht nicht verlassen. Die Schiffer hat uns übrigens von Ihrem Besuch berichtet. Und der Freund hat vor Wut über Ihren Messerdiebstahl die Kloschüssel aus der Verankerung gerissen. Mit Mühe konnten wir verhindern, dass er die Keramik aus dem Fenster im Koggenoor versenkt.«

»Dem sollte ich hier lieber nicht über den Weg laufen, wie?«

»Besser nicht. Wenn Ihnen Ihr Leben noch etwas wert ist.«

Vor allem Möller muss klar sein, dass niemand einen Selbst-

mord verhindern kann, wenn der Kandidat es sich unter allen Umständen wünscht.

»Eines kann ich bislang ganz und gar nicht nachvollziehen«, erklärt der Polizeipsychologe jetzt. »Sie sind zwar vor einiger Zeit bei Eva Pretorius abgeblitzt, das kann aber nicht Ihr einziges Motiv für den Mord sein.«

»Sie hat das Telefonat angenommen, in dem der Mörder das Treffen zum Exklusivinterview arrangieren wollte«, antworte ich wahrheitsgetreu. »Sie besaß die viel bemühte weibliche Intuition. Auch wenn die Stimme noch so gut verstellt war, sie ahnte, dass der Anrufer, der den Reporter Norbert Strauß sprechen wollte, nur er selber sein konnte. Unter vier Augen traute sie sich dann, ihn direkt darauf anzusprechen. Sie wollte ihn erpressen. So etwas tut man nicht mit einem Mörder. Das war ihr Todesurteil.«

Daraufhin kommt Möller ohne Umwege zu seinem Lieblingsthema, der Multiplen Persönlichkeitsstörung.

»Sie sind ein Mörder, Strauß. Aber Sie sind auch ein engagierter Reporter. Sie sind sogar ein Mann, der die Frauen wirklich mag. Aber Sie sind auch der Mann, der, wie Sie es als Reporter ganz richtig beschrieben haben, unter der Macht der Mutter und den frühen seelischen Verletzungen leiden musste. Auch wir haben in Ihrer Sache akribisch recherchiert. Vermutlich sind Sie noch einige andere Persönlichkeiten mehr …«

»Lassen Sie meine Mutter aus dem Spiel!«

»Ihr Problem, Strauß, ist der Mangel an Wissen von- und übereinander. Das Hauptmerkmal der Dissoziation ist eine schwere Beeinträchtigung des Identitätserlebens. Es kommt zur Abspaltung von Persönlichkeitsanteilen. Es könnte auch sein, dass Sie Stimmen hören. Hören Sie manchmal Stimmen, Strauß?«

»Welche Stimmen?«

»Als der vermeintliche Mörder bei Ihnen zu Hause anrief, haben Sie da seine Stimme gehört?«

»Ich weiß nicht mehr …«

»Sie haben die Stimme eines anderen Ichs gehört.«

»Es knackte in der Leitung …«

»Es spricht dann ein anderer Teil Ihrer Persönlichkeit, als wäre es eine Ihnen völlig fremde Person. Das ermöglicht einem Teil Ihres Ichs, normal zu leben, sich vom Bösen zu distanzieren, aber einem anderen Teil, den dunklen Trieben freien Lauf zu lassen.«

»Ich weiß nicht …«

»Sie sind ein Phänomen, Strauß! Ein moderner Dr. Jekyll und Mr. Hyde. Und diese Störungen und die Phasen, in denen Sie sich von Ihrem eigenen Selbst entfremden, kehren immer wieder, womöglich in stets kürzeren Abständen.«

Möller macht eine kurze Pause, nur um das Gesagte entsprechend wirken zu lassen. Es wirkt bereits.

»Sollten Sie in dieser Minute in Ihrer Mörderidentität leben, werden Sie sich selber und uns im nächsten Augenblick in eine Ihrer anderen Identitäten verlassen.«

»Welcher Mörder? Möller!«

***

Freitag, den 13. März – am frühen Morgen

In diesem Moment guckten mich Hansen und Möller nur dumpf an. Diese Reaktion hatten sie so schnell wohl doch nicht erwartet. Dann wanderten ihre Blicke fragend zur Staatsanwältin, die kurz mit den Schultern zuckte.

»Aber warum sollte der Mörder um ein Interview bitten?«, versuchte Hansen den Faden wiederaufzunehmen. »Sie erzählen Tomsen und Mahlzan ganz ohne Not, dass Sie vom Mörder angerufen wurden und dass der Ihnen angeblich exklusiv ein Interview geben würde! Warum, um Himmels willen, haben Sie es so auf die Spitze getrieben? Sie haben sich mit ihrem ›Tagebuch eines Mörders‹ doch schon ganz nach vorne geschrieben – in die erste Riege Ihrer Zunft. Das macht doch gar keinen Sinn, und das Risiko, dass mit solch einem Schwindel alles auffliegt, ist viel zu hoch.«

»Sie sind ein guter Mensch, Herr Kommissar. Aber Sie haben keinen Schimmer vom tatsächlichen Funktionieren der Medien. Ein Interview mit einem echten Mörder, der auf der Flucht ist und nie gefasst wird, das wäre der Oberknaller!«, flüsterte ich Hansen zu, der seinen Oberkörper jetzt leicht nach vorn neigte und ein eher besorgtes als interessiertes Gesicht machte. »Dagegen wäre Malles Meisterstück über die Räuberbande vom Millionenhügel in Ahrenshoop Pipifax. Das perfekte Interview: Fragen und Antworten in einer Person. Darin schlummern ungeahnte Möglichkeiten, da gibt es ja gar keine Grenzen mehr. Und faktisch wäre dieses Interview genauso genial real und genauso wenig wahr wie alle anderen Tagebuchartikel zuvor. Mit einem kleinen, aber feinen Unterschied. Es wäre die glamouröse Krönung eines Boulevard-Reporterlebens!«

Hansen und Möller und die Staatsanwältin guckten mich stumpf an und schwiegen. Ich musste merkwürdig aussehen, so wirr und müde, mit der komischen Kompresse auf dem Kopf und dem Nasenschutz im Gesicht und meiner mächtig ramponierten Wildlederjacke.

»Mein Leben ist das falsche Leben in einem falschen Ich in einer falschen Welt. Wenn Sie verstehen, was ich meine?«

Ich schaute ganz bewusst Möller an. Das war der falsche Mann an der falschen Seite einer falschen Frau, das war mir jetzt auch klar geworden. Betretene Gesichter.

»Genauso falsch wie der Einsatz von Fischblut als Köder für die großen Raubfische im Ozean. Das künstliche Blut ist in jedem gut sortierten Angelshop zum Hochseefischen erwerbbar. In der Wirkung perfide, ein chemisches Bakterienkonzentrat. In die Vene injiziert löscht es den menschlichen Organismus in kürzester Zeit aus.«

»Aber warum diese Umstände?«

»Anders hätten Sie ihn nie gekriegt.«

Mir war jetzt klar, die hatten vermutlich noch gar nichts verstanden. Kubsch, der die ganze Zeit stur im Hintergrund saß, runzelte erstmals die Stirn, Möller bekam einen leichten Schweißausbruch und machte Hansen gegenüber eine beschwichtigende Handbewegung. Die Staatsanwältin winkte nur generös ab und ging aus dem Raum. Schon wieder grußlos.

Es war fast fünf Uhr morgens, als Hansen genug hatte. Er stellte das Mikrofon aus, klappte die Akte zu und ließ mich in meine Zelle bringen.

Ich machte mich umgehend an den letzten Bericht aus dem Tagebuch eines Mörders, der am nächsten Tag auf der Titelseite der Wochenendausgabe des OSTSEE-BLICK gedruckt werden würde. Da war ich mir sicher.

Hier saß ich jetzt meine ersten Stunden im Fürstenhof als Häftling ab und rekapitulierte die Laufbahn eines Mörders. Es war Freitag, der Dreizehnte, und gleich nebenan, sagte mein Wärter Werner, als er mir mein erstes Frühstück hinter Gittern reichte, befinde sich die Zelle von Messer-Manni.

War das ein Zufall? Es gab keinen Zufall. Nur den Gedanken daran.

13

Samstag, den 14. März

Der leicht lädierte Mahlzan hatte vom Krankenbett aus natürlich kleinere Veränderungen vorgenommen. Dazu war er als langjähriger Redaktionsleiter und in diesem Fall auch viel zu sehr persönlich betroffen, als dass der letzte Artikel des Boulevard-Reporters Norbert »Nobbi« Strauß dieses Mal ohne seine Korrekturen durch die Abnahme gegangen wäre. Aber wie wütend und enttäuscht er auch von seinem Exkollegen war und wie sehr er sicher noch um seine Geliebte Eva trauerte, der Erfolg des BLICK ging ihm schon wieder über alles.

Die Auflage der Wochenend-Sonderausgabe habe sich nochmals um fünftausend Stück auf fast fünfunddreißigtausend Exemplare rasant gesteigert, erklärte mir ein aufgeregter Raimund Tomsen bei seinem Anruf im Fürstenhof am Samstagvormittag.

Tomsen hatte zwar seinen Teil dazu beigetragen, mich ins Gefängnis zu bringen, aber er war es auch, der mich hier zukünftig regelmäßig auf dem Laufenden halten wollte. Sogar ein Zeitungskiosk im Hauptbahnhof der Hauptstadt hätte wegen der großen Nachfrage fünfzig Ausgaben extra bestellt, jubelte er am anderen Ende der Leitung.

Eine solche Resonanz, das hatte selbst die berüchtigte Sturmflut 1962 nicht geschafft.

Am morgigen Sonntagnachmittag gleich nach dem Gottesdienst in der Sankt Nikolaikirche sollte ich auf einer internationalen Pressekonferenz im Bürgerschaftssaal des weißen Rathauses der Öffentlichkeit präsentiert werden. Pastor Petersen hatte übrigens Blut geleckt, wenn man das so sagen durfte. Schon drei Wochen später würde er von der Kanzel zum Thema »Wohin führen uns die Globalisierung und die weltweite Finanzkrise?« referieren.

Neben unserer Bürgermeisterin Hannemann hatte sich sogar Herr Erwin aus Schwerin angesagt. Der Ministerpräsident wolle die Gelegenheit nutzen, um seine Solidarität mit und seinen Stolz auf die Bürger und Bürgerinnen der Hansestadt Wismar zum Ausdruck zu bringen und vor allem zu den Menschen draußen in der Welt zu sprechen, ihnen die Angst zu nehmen, nach Mecklenburg-Vorpommern zu reisen und diese wunderschöne Küstenregion mit all ihren Vorzügen zu genießen.

Tomsen hatte gehört, dass es im Rathaus kurzzeitig einen heftigen Disput zwischen der Bürgermeisterin und der Kommandantur um die Sitzordnung gegeben habe. Die Hannemann hatte dann kraft ihres Amtes festgelegt, dass der Mörder zwischen ihr und dem Herrn Ministerpräsidenten platziert werden sollte. Oberkommissar Hansen durfte links von der Hannemann und Dr. Möller rechts vom Landesvater Erwin sitzen.

Dr. Möller hatte das Techtelmechtel zwischen mir und Christine übrigens als so etwas von beschämend empfunden, dass er schon einen Monat später sein Haus auf Poel weit unter Preis verkaufen und samt Kleinfamilie vom Schwarzen Busch in den Schwarzwald ziehen sollte, um dort eine Dozententätigkeit an der Universität Freiburg zu übernehmen.

Jedenfalls wurde mit diesem salomonischen Urteil im Stuhlstreit die offizielle Rangordnung gewahrt. Um ein letztes Mal im Fachjargon von S.K. Möller zu bleiben: ob Multiple Dissoziation oder nur Dementia praecox, egal, ich war ganz oben angekommen.

An diesem Vormittag geschah aber noch etwas Außergewöhnliches. Ich bekam meine erste Post ins Gefängnis – aus Rostock und aus Japan. Aus der Hansestadt ein Kärtchen vom Headhunter Office mit der kurzen Bemerkung: »Macht nichts, das Angebot steht! Hochachtungsvoll, Dr. von Zeh« und aus dem Fernen Osten ein Päckchen mit einer dieser modernen HD-DVDs. Auf dem Absender stand die Adresse von Urawara Bandits.

Zuerst dachte ich, die exotischen Kollegen aus dem Land der aufgehenden Sonne hätten rein gar nichts verstanden. Auf der Rückseite einer beigelegten Visitenkarte, die vorn mit japanischen Schriftzeichen bedruckt war, stand in englischer Sprache und handschriftlich ein kollegialer Gruß gekritzelt, mit dem Zusatz, dass das vorliegende Feature als Belegexemplar für mein privates Archiv dienen solle. Wer weiß, vielleicht war dies der Beginn einer wunderbaren Freundschaft.

Bis zum Nachmittag hatte ich mir vom Wärter Werner ein entsprechendes Abspielgerät organisieren lassen. Gespannt legte ich die silberne Scheibe ein. Es handelte sich tatsächlich um eine etwa zehnminütige Reportage des japanischen Fernsehteams, das die Geschehnisse der letzten Tage in Wismar aus einer sehr fernen östlichen Sichtweise dokumentierte.

Ich verstand kaum ein Wort dessen, was da gesprochen wurde, der Bildaufbau verwirrte noch mehr, und doch hatte ich schnell das sichere Gefühl, dass die Japaner vielleicht die Einzigen waren, die in Hansens erstem Fall nach seiner Rückkehr in seine alte Heimatstadt Wismar von Beginn an den Durchblick behalten hatten.

Die ersten Bilder zeigten den Friedhof von Kirchdorf auf Poel, den alten Fischerfriedhof, wo die Familien der Seefahrer von der Insel und aus der Region um Wismar über Generationen ihre letzte Ruhestätte fanden.

Und dann sah ich das Grab von Mama. Und vor der Grabstätte stand der Möwenkopf-Mann, zeigte auf die schon verwitterte Inschrift des kleinen Grabsteins und griente dazu. Er hatte damals meine Mutter eingegraben.

Erst seit ich ihn am Donnerstag auf der Hanse-Kogge persönlich zu Gesicht bekommen hatte, erinnerte ich mich an diesen völlig unscheinbaren Typ, der stets in der Nähe war, wenn ich Mama besuchen ging. Aber nie, nicht bei der Beerdigung, nicht bei meinen Friedhofsbesuchen und auch auf den Fotos von Pike nicht, hatte ich ihn auch nur ansatzweise lächeln sehen.

Jetzt, in dieser Reportage, ähnelte er mit seinem breiten zahnlosen Schnabelmund noch stärker einer Sturmmöwe. Es wehte eine steife Brise, das sah ich an den Bäumen und Büschen im Hintergrund. Doch der Totengräber der Insel Poel war so windschlüpfrig, dass die ganze Zeit kein einziges Haar oder keine einzige Feder von seinem Schädel abhob.

Die Kamera wanderte um Mamas Grabstein herum, ein japanischer Sprecher kommentierte die Szenerie aus dem Off. Den Inhalt konnte ich natürlich nicht verstehen.

Ich hatte sie dort beerdigen lassen, weil meine Mutter die Insel so sehr liebte. Es war ihr letzter Wille gewesen, dort begraben zu werden. Und obwohl wir nie auf Poel gelebt hatten, gelang das damals ohne jeden (in ihrem Fall vielleicht sogar berechtigten) Widerstand durch den Möwenkopf-Mann.

Radikale Schnitte zeigten zwischendurch kurze Einstellungen unserer Fischer im Alten Hafen von Wismar. Einmal präsentierten sie stolz ihren Fang. Ein anderes Mal schlitzten sie Makrelen die Bäuche auf. Eine Sequenz zeigte Lotte Nannsen, wie sie lachend Gedärme und Kadaver aus einer großen Plastiktonne ins Hafenbecken kippte. Ein Möwenschwarm stürzte sich kopfüber und kreischend hinterher.

Dann folgte ein O-Ton des Reporters mit wilden Kameraschwenks auf der Schweinsbrücke. Dunkles trockenes Blut klebte am Pfeiler. Gefolgt von toten Enten im Bach. Das sah aus wie eine ganze Entenfamilie, und die armen Vögel lagen da, als hätte ihnen jemand die Köpfe umgedreht. Das Ganze vom Ton her unterlegt mit einem schauerlichen tierischen Gezeter.

Der Beitrag war voller Brüche, die selbst in einer Übersetzung des Textes in Mecklenburg-Vorpommern sehr wahrscheinlich niemand verstanden hätte.

Jetzt wurde die Altstadt von Wismar bei Nacht vorgestellt. Kamerasubjektiven durch völlig ausgestorben wirkende Gassen, ein langer Schatten mit breiten Schwingen huschte über die Wand eines restaurierten Hanse-Hauses. Diffuses Licht. Ein gellender Schrei in der Dunkelheit. Ein Schnitt wie die

Klinge eines Messers, dann ein greller Blitz. Der japanisch synchronisierte O-Ton von Olaf Hansen auf der Pressekonferenz im Rathaus. Leider ein einziger unverständlicher Tonbrei.

Danach ein paar effektvolle Reißzooms in Zeitlupe auf die Fotos von mir und meiner blutenden Nase. Da hat sich der Pickrot offensichtlich ein paar Scheine nebenher verdient. Dann die Andacht in der Sankt Nikolaikirche mit dem Handgemenge, nur den entscheidenden Schlag hatte der Kameramann verpasst, unterbrochen durch einen ebenfalls synchronisierten O-Ton von Carsten Kracht. Mich erreichten nur Bruchstücke, dass er die Hansestadt Wismar und ihre Menschen liebe, aber in großer Sorge sei. Der Mörder zerstöre nicht nur Leben, sondern auch das Ansehen der Stadt und ihr Gemeinwohl.

Wo hatte der Wolf plötzlich die Kreide hergehabt. Vielleicht war ich von Anfang an dem Wirt gegenüber ungerecht gewesen. Kaum einer hatte es zu DDR-Zeiten so schwer gehabt, und deshalb hielt er konsequenterweise an seiner neuen Existenz fest, verteidigte sie mit Fäusten und Füßen. Womöglich war der Bollerkopf Kracht ein gar nicht so schlechter Kerl.

Die Beschimpfungen und das Handgemenge auf dem Kirchhof wurden begleitet von einem ununterbrochenen japanischen Redeschwall des Reporters, der mitten im Bild und Tumult wie ein entzündeter Frosch beziehungsweise asiatischer Feuerwerkskörper herumhüpfte. Immer wieder beeindruckend: die Zähigkeit und Kondition der oft eher schmächtigen Asiaten.

Szenenwechsel. Plötzliche Stille. Der langsame Schwenk über einen breiten Flusslauf, irgendwo auf dieser weiten Welt gedreht, nur mit Sicherheit nicht in der norddeutschen Küstenebene. Die Qualität des Bildmaterials sah fremd, die Farben blass und unscharf und die natürliche Landschaft, die hier gezeigt wurde, irgendwie weit und wild und kanadisch aus.

Ich sah vereinzelte Fische, die gegen den Strom schwammen. Riesige Tiere, teilweise über einen Meter lang. Darunter einige kolossale Exemplare, die bestimmt an die dreißig Kilo wogen. Purpurrote Lachse auf dem Weg zu ihren Laichplätzen. Sie durchquerten Stromschnellen und sprangen aus der Flussströmung heraus fünf Meter hohe Wasserfälle empor. In nahen Einstellungen sah ich ihre großen Ober- und Unterkiefer, die merkwürdig verbogen wirkten, ihre Mäuler standen weit offen, vielleicht schnappten sie nach Luft. Das rührte mich sehr.

Ein Grizzlybär tapste durch den Fluss und griff mit seinen Tatzen brutal und beherzt zu. Sein Tisch war reich gedeckt. Unzählige Lachse, die sich Kilometer für Kilometer durch die Wassermassen kämpften. Und das Material vermittelte den Eindruck, es wurden immer mehr: Hunderte, Tausende, Zehntausende von wunderschönen knallroten Fischen.

In einem Fotoband über British Columbia hatte ich einmal über dieses unglaubliche Naturspektakel gelesen, aber ich hatte noch nie bewegte Bilder gesehen. Die Lachse wanderten unter Qualen bis in die Quellgebiete der Flüsse, um an den Ort ihrer Geburt zurückzukehren und für neuen Nachwuchs zu sorgen. Dort angekommen gingen sie jedoch an der absoluten Erschöpfung sofort zugrunde. Sie laichten und starben. Das war ihr Schicksal.

Tränen kullerten über meine Wangen. Die Lachse taten mir leid. Jahrelang waren sie unterwegs, weit fort von dem Ort, an dem sie das Licht der Welt erblickten. Draußen im Pazifik lauerten andere Gefahren: die Fischer, die Haie, die Verschmutzung der Weltmeere. Hatten die Lachse das alles überlebt, kehrten sie heim, um zu sterben. Der Kreis schloss sich.

Der Fernsehbeitrag zeigte plötzlich die Frau im Salzhaff. Haare und Halme bewegten sich wie in Zeitlupe um ihren blutleeren Kopf. Das Wasser schwappte über ein weißes aufgedunsenes Gesicht.

Die Bilder mussten vor dem erneuten Wintereinbruch gedreht worden sein. Keine Schneeflocken, keine Eisschicht, nichts schien so wie an dem frostigen Morgen, als wir mit Hansen und seinen Kollegen dort unseren Lokaltermin hatten.

Ein kleiner japanischer Finger kam ins Bild und stupste die Tote mehrfach ins offene Fleisch, als sollte das belegen, dass die Leiche tatsächlich so tot wie ein Sushi war.

In der nächsten Einstellung stand plötzlich in einiger Entfernung Gregor Mahlzan wie Falschgeld herum und glotzte nervös zum Fernsehteam hinüber. Der Kameramann setzte sich in Bewegung, wurde von dem Harakiri-Reporter überholt, der in einer Tour aufgeregt und abwechselnd ins drahtlose Mikrofon und in die laufende, stolpernde Kamera kläffte.

Mahlzan stand einmal mehr am Pranger. Die Japaner setzten ihm ordentlich zu. Zuerst lachte er unsicher, dann hysterisch. Sein Kopf wurde rot, die Quaddeln im Gesicht wieder sichtbar. Dann war er ganz Malle und begann wütend zu gestikulieren. Bis er weit ausholte, jedoch mit seinem Schlag die Kamera knapp verfehlte, strauchelte und das Gleichgewicht verlor. Da saß er wie ein kleiner Junge auf seinem fetten Arsch.

Die Japaner lachten sich schlapp. Für sie war das ein Beweis mehr, dass sie nie wirklich Angst kriegen mussten, vor der fürchterlichsten aller denkbaren Möglichkeiten: eines Karateweltmeisters aus dem Westen.

In der nächsten Einstellung zerlegten uniformierte Männer vom Technischen Hilfswerk mit Schweißbrenner den zerknüllten Porsche in Malles Garage.

Ehrlich. Action-News war ein Scheißdreck dagegen.

Ich schaltete aus, ich kannte das Ende.

Jobst Schlennstedt
TÖDLICHE STIMMEN
Broschur, 208 Seiten
ISBN 978-3-89705-561-2

»Es ist ein echtes Lesevergnügen, diesem Ermittler durch die Straßen der alten Hansestadt Lübeck zu folgen.«
Radio ZuSa

Jobst Schlennstedt
DER TEUFEL VON ST. MARIEN
Broschur, 208 Seiten
ISBN 978-3-89705-624-4

»Schlennstedts dynamischer Krimi ist erneut präzise und auf den Punkt geschrieben.« Szene Lübeck

www.emons-verlag.de

Dietmar Lykk
TOTENSCHLÜSSEL
Broschur, 416 Seiten
ISBN 978-3-89705-586-5

»Die Spannung steigert sich bis zum Schluss.«
Der Nordschleswiger

Dietmar Lykk
TOTENUHR
Broschur, 336 Seiten
ISBN 978-3-89705-671-8

»Die Thematik ist atemberaubend, sämtliche Ereignisse und Fakten sind meisterlich und historisch bis ins kleinste Detail philiströs recherchiert. Wer den Krimi »Totenuhr« in der Hand hält, lässt diesen und auch die packende Geschichte um Kommissar Eric Lüthje so schnell nicht wieder los.« Moin Moin

www.emons-verlag.de